Olivia Zeitline change de vie après avoir obtenu son diplôme d'avocat. Elle se lance dans la conception d'expositions d'art et dans l'écriture d'un blog, devenu lauréat des Golden Blog Awards.
Passionnée par les nouvelles méthodes d'exploration de la conscience, elle développe son intuition et accompagne de nombreuses personnes à la recherche de leur propre voie. À 33 ans, elle signe son premier roman, *Et j'ai dansé pieds nus dans ma tête*, publié chez Solar en 2017 puis repris chez Pocket en 2018.

ET J'AI DANSÉ PIEDS NUS DANS MA TÊTE

OLIVIA ZEITLINE

ET J'AI DANSÉ PIEDS NUS DANS MA TÊTE

SOLAR
EDITIONS

FSC
www.fsc.org
MIXTE
Papier issu de sources responsables
FSC® C003309

Pocket, une marque d'Univers Poche,
est un éditeur qui s'engage pour la préservation
de son environnement et qui utilise du papier fabriqué
à partir de bois provenant de forêts gérées
de manière responsable.

ISBN : 978-2-266-28246-8

Dépôt légal : juin 2018

Chaque matin, Charlotte est là à la même heure. Dans le hall d'accueil, l'ambiance est aseptisée. Ses talons résonnent sur le sol fraîchement lavé. L'odeur des produits nettoyants flotte encore dans l'air. Comme chaque matin, le ménage a été fait aux aurores, avant l'arrivée des salariés. Tout doit être propre, tout doit briller. Il faut inspirer confiance. Les écrans des ordinateurs sont astiqués au chiffon, les cerveaux passés au détergent. Les murs de son bureau sont si blancs que, lorsqu'elle y entre, elle a l'impression de perdre la vue. Comme chaque matin, elle s'assied sur sa chaise en Plexiglas. Autour d'elle, rien ne dépasse, pas un papier, pas un objet personnel ; les employés ont reçu l'ordre de ne rien laisser traîner sur les bureaux laqués. L'incessant bruit de circulation rappelle la proximité du périphérique. Chef de projet junior, Charlotte doit se contenter d'un bureau plein nord. La pièce n'est pas grande, elle est basse de plafond, peu lumineuse. Le directeur marketing entre sans frapper, sans dire bonjour.

— Le dossier est prêt ? Le client est déjà en bas. Il est en avance.

— Bonjour, Julien. Oui, oui, tout est prêt.

— Tu le poses sur mon bureau et tu nous rejoins en salle de réunion à la demie ?

Les pages du dossier se sont mélangées. Tout s'emmêle dans la tête de Charlotte. Elle vomit des tableaux Excel depuis quarante-huit heures. D'ailleurs, elle a mal au cœur. Elle file aux toilettes. Elle ne parvient plus à digérer, mais elle ne va pas s'écrouler. Elle va y arriver, elle est forte, elle a toujours tout surmonté. C'est ce qu'elle se répète devant la glace du lavabo. Charlotte a toujours voulu tout maîtriser dans sa vie. Malgré ses angoisses et ses sueurs froides, elle ne montre rien. Toujours faire de son mieux, pour mieux gagner sa vie, pour plus de sécurité. Une pression permanente dans cette mécanique sociale bien huilée faite de faux sourires, de gobelets de café froid, de courses à la supérette et de sacs en cuir soldés. Depuis quelques mois pourtant, sa mémoire lui joue des tours. Elle a du mal à se concentrer, et parfois elle ne comprend pas ce que ses collègues lui disent. Alors, elle fait semblant. Elle hoche la tête sans parler. Elle commence à avoir peur d'elle-même, peur de cette ombre qu'elle rejette mais qui l'attire à la fois. Trop dangereux d'aller se faire soigner. Elle n'a pas envie d'entendre qu'elle ne va pas bien. Elle n'a qu'à serrer les dents. Un jour, elle ira mieux, elle pourra se reposer. La porte de son bureau s'ouvre de nouveau.

— Charlotte, qu'est-ce que tu fous ? Le dossier ! Tu as sorti les chiffres au moins ?

Ce matin, pour la première fois, elle ne réussit pas à se contenir.

— J'en ai marre que tu entres dans mon bureau sans frapper. On dirait que tu le fais exprès. Oui, j'ai sorti les chiffres, tout est prêt. Tiens !

D'un geste brusque, Charlotte remet le dossier à son supérieur hiérarchique.

Quelques minutes plus tard, elle le rejoint en salle de réunion. La tension est palpable. Les rancœurs sont tues, mais le silence est pesant. Le client pivote sur sa chaise en tapotant le sol du pied. Son assistante fait crisser son stylo à plume sur son bloc-notes. Tous les sons sont amplifiés dans la tête de Charlotte. C'est à elle de prendre la parole. Elle essaie de parler fort, elle ne comprend pas ce qu'elle dit, elle confond tout. Soudain, elle s'arrête de parler. Trou de mémoire. Celui qu'elle redoutait tant. Elle tombe dedans. Elle est livide. Elle veut vomir. Plus de contact. Elle veut valser. Elle flotte, les vents la guident. Ses bras deviennent des feuilles qui s'envolent, tout son corps, un courant d'air. Un souffle l'emporte, doucement, très doucement. Sa tête roule sur ses épaules, son bassin dessine un huit. Son muscle cardiaque s'accélère sur le rythme des pulsations de la terre comme si tout le sang de ses artères se déversait en elle. Charlotte est dans la forêt. Elle pousse des rugissements de louve affamée. Elle est pieds nus dans la boue et frappe le sol. Elle éclabousse toute la végétation autour d'elle. Des racines partent de la plante de ses pieds et la relient au centre de la terre. Des rayons lumineux surgissent de son crâne et montent dans l'espace. Elle est reliée à l'infini, elle est un élastique hors du temps, une onde au pays des rêves. Elle danse en transe devant une foule hurlante. Elle n'entend plus rien, elle est dans son art. Tous les regards se posent sur elle. Elle est sur le devant de la scène, sur le devant de sa vie. Les cris du public s'intensifient. Quelques spectateurs veulent l'attraper. Elle leur échappe en souplesse, s'élance à la vitesse de la lumière. En une fraction de seconde, elle bascule en avant. Le choc est brutal. Ses seins et ses bras se plaquent contre le mur de la pièce, et la ramènent à la réalité. Elle est en sueur. Elle a dansé en salle de réunion devant tout le monde. Pour montrer qu'il gère parfaitement la situation, son directeur marketing lui lance froidement :

— Charlotte, tu fais un burn-out. Le SAMU arrive.

Une phrase au ton mélodique,
comme un air de musique.

1

Bientôt 18 heures. Toujours pas de message de Tom. Charlotte éteint son téléphone. Elle doit se montrer forte. Elle fait disparaître l'appareil dans son sac et entre dans le centre de danse, rue de Paradis. Elle prend la direction de la salle Pina-Bausch, là où a lieu son cours de danse contemporaine. Jeanne, une ancienne amie de son école de commerce, l'attend devant la double porte.

— Tu es toute seule ? demande Charlotte.

— Ça m'en a tout l'air, sauf s'ils ont décidé de te changer de salle ce soir.

— Non, Michaël m'aurait prévenue. C'est bien celle-ci. Théa n'est pas encore arrivée ?

Jeanne essaie de dissimuler sa gêne.

— Je l'ai eue au téléphone tout à l'heure. Elle ne pourra pas venir à ton cours. Son casting a été décalé. Elle a dit qu'elle nous rejoignait après, au restau.

Charlotte lui répond avec un sourire crispé.

— Alors tu seras ma seule élève ce soir.

— Ne t'en fais pas, ma poule, on est en novembre, c'est normal. Les gens n'ont pas envie de bouger après le boulot. Mais tu sais, ton cours est génial. J'adore. Si je rate une semaine, je me sens mal.

— À mon dernier cours, je n'ai eu que trois élèves. Aujourd'hui, il n'y a que toi. C'est dur en ce moment, mais je reste confiante.

— Tu es une prof super, Charlotte, tu le sais.

Les nombreux élèves du cours précédent sortent en nage de la salle. La poitrine de Charlotte se serre quand elle voit le groupe s'éloigner dans le couloir menant aux vestiaires. *Pourquoi le cours de jazz attire plus de monde que le mien ?* Elle entre dans la salle, suivie de Jeanne. Elle déroule les tapis au sol pour la relaxation finale. Une odeur de transpiration flotte dans l'air. Elle a apporté des bâtons d'encens, qu'elle allume de chaque côté de la salle. Depuis son burn-out, il y a trois ans, Charlotte a changé de vie. Le marketing, elle l'a effacé de sa mémoire. Elle est retournée à ce qui l'a toujours fait vibrer : la danse. Après avoir quitté son job, elle a repris les entraînements quotidiens et les stages de danse. Elle a découvert les improvisations dans les parcs en été. Elle s'y est donnée corps et âme. Grâce à une psy qu'elle a vue, elle s'est accrochée à la danse contemporaine, malgré les critiques de sa mère : « Et comment vas-tu gagner ta vie ? » Charlotte ne se laissera pas abattre. Elle n'a pas fait tout ce chemin pour rien. Jamais plus elle ne marchera au Lexomyl. Jamais elle ne retournera en arrière. Elle veut vivre de sa passion, vivre de ses cours.

Au moment où elle enclenche la playlist de sa tablette, connectée aux enceintes, une jeune femme entre précipitamment dans la salle.

— Le cours de jazz, c'est bien ici ?

— Oui, mais c'était l'heure d'avant. Maintenant, c'est la danse contemporaine, explique Jeanne. Vous devriez essayer, vous verrez, c'est super.

La jeune femme se laisse convaincre.

Charlotte essaie de chasser ses idées noires. Elle doit se ressaisir, donner le meilleur d'elle-même, ne serait-ce que pour deux élèves. Elle démarre son cours par une série d'échauffements et des mouvements de yoga, avant de poursuivre son programme avec des figures libres sur une musique hip-hop. Elle amène ses élèves à prendre conscience de leur corps en leur faisant exécuter une série de jeux et de mimes, puis elle leur demande d'improviser, d'exprimer leur état émotionnel. Elle termine le cours avec une relaxation sur des chants tibétains. Jeanne s'est endormie. L'autre jeune femme est ravie, pleine d'énergie. Elle promet de revenir la semaine suivante. Avant de quitter le centre, Charlotte va voir Michaël, le responsable du lieu. Elle lui tend les deux coupons de son cours.

— Tu n'as pas eu grand monde ce soir, Boucles d'or, constate Michaël derrière son comptoir.

— Oui, mais son cours est génial, réplique Jeanne.

Michaël leur offre à chacune une boisson détox, de l'eau citronnée avec des tranches de concombre.

Charlotte cherche son carnet de chèques dans son sac pour régler la salle.

— T'inquiète, c'est bon pour cette fois.

— Tu es sûr ?

— On est tous dans le même bateau, ma belle, sourit Michaël avec un clin d'œil.

— Merci beaucoup, Michaël. Tu es un ange.

Une fois dehors, Jeanne appelle son mari. Elle lui demande de faire dîner leurs filles. De son côté,

Charlotte rallume son téléphone. Toujours pas de message de Tom. Rien. Pourtant, il avait juré qu'il se manifesterait.

Je te promets de t'envoyer plein de messages d'amour.

Le ventre de Charlotte se noue.

— C'est bon, Bernard s'occupe des filles. Il a un peu râlé, mais il va s'en sortir. On y va ?

Charlotte ne bouge pas. Elle est perdue dans ses pensées.

— Qu'est-ce que tu as ? Tu viens ? Théa doit déjà être arrivée.

Elles retrouvent Théa devant Chez Jeannette. Habillée d'un long caban sur une robe noire, elle les attend, une cigarette à la main. Quand elle était petite, Théa a fait de la danse avec Charlotte. Aujourd'hui, elle est devenue comédienne.

La brasserie est bondée. Les filles se fraient un chemin dans la foule entassée au bar. Un des serveurs reconnaît Charlotte. Il lui fait la bise.

— Tu vas bien ? Vous êtes trois ?

Le garçon saisit une panière en fer et les conduit à une des tables du fond. Celles en Formica rouge. Celles que Charlotte aime bien. Quelques minutes après, il leur apporte trois mojitos. La forte dose de menthe efface le goût du rhum. Charlotte ne finit pas son verre. Tom envahit toutes ses pensées. Elle n'arrive pas à participer à la discussion.

— Et tu sais quoi ? J'ai pu récupérer toutes mes RTT.

— Génial, ce sont tes filles qui vont être contentes, Jeanne.

— Et toi, ton casting ? Raconte.

Les plats arrivent. Charlotte touche à peine son assiette. Même la salade végétarienne ne passe pas.

Tom n'appelle pas. Il ne tient jamais ses promesses.

Théa se tourne vers Charlotte.

— Quelque chose ne va pas ? Tu n'as rien mangé.

Jeanne s'empresse de répondre à sa place.

— Il n'y avait personne à son cours de danse.

— Ah, c'est pour ça que tu ne dis rien depuis tout à l'heure. Ça t'inquiète ?

— Un peu… Je ne sais pas comment je vais faire pour payer mon prochain loyer. Je n'ai plus d'allocations chômage… Mais j'essaie de rester sereine, ça finira bien par démarrer.

— Tu as raison, Cha. Mon chaman maya disait toujours : « Tout se passe à l'intérieur de notre tête. » Si tu as la foi, une solution arrivera.

Jeanne la trouve tout de suite, la solution.

— Si tu es vraiment trop dans la merde pour ton appart, Charlotte, il y a toujours notre chambre de bonne : la jeune fille au pair s'en va la semaine prochaine.

— C'est vraiment adorable, Jeanne. Merci, je vais y réfléchir.

— Bon, on se prend des desserts ? La note est pour moi, propose Théa.

Charlotte prétexte le besoin de se coucher tôt. Elle n'en peut plus. Le silence de Tom lui fait trop mal au cœur. Elle quitte ses amies. L'estomac à vif.

Aussitôt sortie de la brasserie, elle se précipite à nouveau sur son téléphone. Aucun appel. Aucun message.

Il se fout de moi.

Elle marche jusqu'à l'arrêt du 31, des pensées de rage plein la tête. Au moment où les portes du bus s'ouvrent, une phrase résonne dans son esprit. Une phrase au ton mélodique, comme un air de musique : *Prépare-toi, ton histoire avec Tom s'arrête demain.*

On ne trouve pas l'accord parfait
sans faire de fausses notes.

2

Le bus est presque vide. Charlotte ne s'assied pas. Elle reste debout, en état de choc. La phrase qu'elle a entendue tourne en boucle dans sa tête. Elle ne comprend pas ce qui lui arrive. Tout tangue autour d'elle. Elle se laisse tomber sur un siège. Livide, elle saisit son téléphone. D'une main tremblante, elle envoie un message à Stella.

Stella, elle doit absolument voir Stella.

Barbès-Rochechouart, enfin. La station où il faut descendre. Charlotte saisit son sac, bouscule l'homme devant elle et file sans s'excuser. Dans la rue, sa gorge se serre, son rythme cardiaque s'accélère. Elle commence à transpirer. Pourtant, dehors, il fait froid. Elle marche vite pour arriver à destination, en finir avec cette montée d'angoisse. Avant, dans cette situation, cela aurait été plus facile, Charlotte ne se serait pas posé de questions, elle aurait pris des anxiolytiques. Elle ne le fera pas, elle s'est promis d'arrêter les médicaments. La psy qui l'a suivie après son burn-out lui aurait sans doute demandé : « Et qu'est-ce que cette phrase évoque pour vous ? » Charlotte a beau faire des efforts, elle ne trouve pas de réponse. Elle a du mal à respirer, elle tente de reprendre son souffle. Rien n'y fait. Elle remonte le boulevard de Rochechouart, prend la rue de Clignancourt. Les trottoirs sont déserts. Le café du Commerce aussi. Rue Pierre-Picard, Charlotte se détend légèrement. Ce passage, où habite Stella, lui a toujours donné l'impression d'entrer dans un espace magique. Hors du temps. Dans l'ascenseur en bois à porte grillagée, la montée des étages semble durer une éternité. Elle sonne. Enfin.

— Entre, ma chérie, c'est ouvert.

Elle pousse la porte et retrouve sa respiration. Les calligraphies de tableaux japonais accrochées dans l'entrée l'apaisent. Elle pend son blouson au portemanteau en fer forgé. Une revue d'art entre les mains, Stella l'attend, en kimono de soie blanche. Elle est installée dans le grand canapé du salon. Stella est musicienne, d'origine slave. Charlotte l'a connue par Tom, qui l'avait interviewée pour l'une de ses émissions de radio. Il avait senti que Charlotte apprécierait cette femme éclairée de soixante-deux ans. Violoncelliste ayant fait ses preuves, Stella a parcouru le monde entier en donnant de nombreux concerts à l'étranger. Ses cheveux gris ensoleillés et ses yeux d'un noir profond lui donnent un air de madone. Le jour de leur première rencontre, Charlotte a eu l'étrange sensation de la connaître depuis toujours.

— Alors, ma chérie, dis-moi ce qui t'arrive.

Incapable d'articuler un mot, Charlotte s'effondre en pleurs dans les bras de Stella. Le visage collé contre sa poitrine, elle sanglote de longues minutes. Stella la laisse pleurer. Elle mesure et absorbe sa souffrance.

— C'est bien, vas-y, pleure. Les larmes sont la lessive du cœur.

Charlotte se calme peu à peu. L'émotion contenue serrée s'évacue maintenant en grandes expirations. Stella se lève, lui tend une boîte de mouchoirs en papier, puis disparaît dans la cuisine.

— Je vais te préparer une tisane.

Elle revient avec deux tasses en céramique qu'elle a disposées sur un plateau à motifs orientaux.

— C'est à cause de Tom, n'est-ce pas ? Qu'est-ce qu'il t'a encore fait, ce baroudeur ?

— Tu devines toujours tout, Stella.

— Tu sais bien que j'ai des antennes.

— C'est pour ça que je suis venue te voir. Il m'est arrivé un truc très bizarre tout à l'heure, au sujet de Tom. Il faut que tu m'éclaires.

Stella lui tend une des tasses.

— Je t'écoute.

— En montant dans le bus, il y a eu cette phrase dans ma tête.

— Et que disait-elle, cette phrase ?

— Elle disait : « Prépare-toi, ton histoire avec Tom s'arrête demain. »

Stella reste silencieuse et boit une gorgée de tisane. Un sourire amusé apparaît sur son visage.

Charlotte continue :

— Ce n'était pas une simple pensée, c'était un peu comme une musique.

Stella lui demande :

— Tu veux dire comme une voix ?

— Oui, une voix intérieure.

— Magnifique ! Tu es entrée en contact avec ton intuition.

— Mon intuition ?

— Oui, je t'ai souvent parlé de cette mélodie de notre être profond, qui nous guide.

— Mais as-tu entendu ce qu'elle m'a dit ? Il faut que je quitte Tom !

— Non, elle t'a dit de te préparer à que ton histoire avec lui s'arrête.

— Mais c'est la même chose, Stella ! Cette voix, je crois plutôt que c'était ma peur. Je n'arrive pas à la contrôler. Elle empêche tout le temps mes pensées positives de se réaliser.

— Pourquoi veux-tu contrôler ta peur ? Pourquoi ne pas l'accueillir, tout simplement ?

— Mais elle va tout détruire, je vais faire fuir Tom et il va me quitter !

— Ma chérie, suivre son intuition, ce n'est pas toujours évident. Parfois, il faut avoir le courage de plonger dans ses peurs pour les apprivoiser. L'intuition te permet aussi de relever les défis que la vie t'envoie, de te sortir de ta routine. Cette phrase va peut-être t'ouvrir de nouveaux horizons.

— Tu es en train de me dire que je dois me séparer de Tom ?

— Je ne te dis rien du tout, moi. C'est à toi de sentir ce qui est juste pour ta vie, et ton intuition t'aidera *justement* à cela.

— Tu penses vraiment que cette phrase venait de mon intuition ?

Charlotte se prend soudain la tête dans les mains.

— Je suis perdue, Stella, il faut que tu m'aides.

— La demande est nécessaire.

Charlotte se redresse.

— Quelle demande ?

— La demande que tu feras à ton intuition pour en savoir davantage. Tu devras la formuler aussi clairement que possible.

— C'est-à-dire ?

— Avant toute chose, il faut que tu te poses et que tu fasses le calme à l'intérieur de toi.

— Comme dans une méditation ?

— Par exemple, mais cela peut être aussi en faisant la vaisselle, en regardant le ciel. En ce qui me concerne, c'est la musique de Bach qui me calme tout de suite.

— Moi, je crois que c'est la danse.

— Je n'en doute pas, ma chérie, et je pense que ton intuition te guidera de plus en plus vers le mouvement et le dialogue avec ton corps. Je vais te parler de mon expérience. Comme tu le sais, j'ai d'abord longtemps exercé dans de grands orchestres symphoniques, mais je ne me sentais pas toujours à l'aise. Un jour, un agent m'a proposé de jouer de la musique de chambre. C'était nettement moins prestigieux pour ma carrière, mais il y avait cette petite voix qui me poussait à dire oui. Je me rappelle avoir tiré à pile ou face. J'ai accepté la proposition de cet homme alors que tout le monde m'en dissuadait. Aujourd'hui, je ne suis heureuse que dans les concerts intimistes. Même si cela n'a pas tout de suite été évident, j'ai continué à suivre mon intuition. Le temps m'a démontré qu'en lui faisant confiance j'étais en parfait accord avec moi-même.

— Je ne peux pas en dire autant. Parfois, je me demande si je n'ai pas été trop optimiste en espérant gagner ma vie avec des cours de danse contemporaine. Je pensais pouvoir m'en sortir. Ce n'est vraiment pas le cas. Pourtant, la danse est ma passion.

— Tu sais, on ne trouve pas l'accord parfait sans faire de fausses notes. Tu verras : si tu suis ton intuition, l'extérieur te parlera aussi.
— L'extérieur ? Que veux-tu dire ?
— Je t'expliquerai une prochaine fois, il est tard maintenant. Si tu es libre, voyons-nous mercredi avant ma répétition.
— Je te retrouve à notre salon de thé habituel ?
— J'allais te le proposer.
Stella accompagne Charlotte jusque dans l'entrée. Avant de lui ouvrir la porte, elle attrape une boîte en argent et soulève le couvercle.
— Tiens, c'est pour toi. Cadeau.
Charlotte regarde ce que la musicienne lui a mis dans le creux de la main : une pièce de monnaie frappée d'un aigle à deux têtes. Intriguée, elle questionne Stella du regard.
— C'est la pièce qui m'a dit oui pour la musique de chambre.
— Pour tirer à pile ou face ?
— Oui, mais ne tire qu'une seule fois à chaque question. C'est la règle. Ce qui se présente en premier est toujours juste. Allez, bonne nuit, mon ange, rentre bien.
Charlotte embrasse son amie musicienne. Le cœur plus léger, elle emprunte l'escalier en chêne plutôt que le vieil ascenseur grillagé.

En arrivant sur le palier de son appartement, elle trouve une enveloppe glissée sous sa porte. Elle ouvre précipitamment le courrier, inquiète. Une relance pour son loyer. Épuisée, elle entre dans la salle de bains et se déshabille avec lassitude. Elle se brosse les dents en regardant les pensées positives écrites sur des Post-it collés sur le miroir : je vis dans l'abondance ; je suis prospère et je rayonne ; mes cours de danse sont une grande réussite et attirent de nombreux élèves.

D'un geste brusque, elle déchire tous les petits papiers collants. Elle les jette dans la cuvette des toilettes et tire la chasse d'eau. Les draps propres sentent bon la lessive. Charlotte a du mal à s'endormir. Doit-elle accepter la proposition de Jeanne ? Elle ne peut pas demander à sa mère de régler le loyer. Pas une nouvelle fois. Sera-t-elle capable de vivre dans treize mètres carrés ? Le sommeil la gagne enfin. Soudain, elle rouvre les yeux. Le signal sonore de sa messagerie : « On se voit demain ? 15 heures chez moi ? Tom. »

La lumière de l'écran du téléphone éclaire son visage. Dans l'obscurité, la pièce de monnaie russe posée sur la table de nuit brille d'un étrange éclat.

Si tu suis ton intuition,
l'extérieur te parlera.

3

Charlotte a passé plus d'une heure à se faire belle. Un maquillage discret met en valeur ses grands yeux noisette et ses lèvres pulpeuses. Elle a détaché ses longs cheveux blonds et bouclés. Elle a hésité entre plusieurs tenues, et a fini par revenir à son premier choix : son jean favori, un pull en angora vert amande, celui qui met en valeur sa poitrine, et ses nouvelles bottines en daim. Tom ne pourra pas lui résister.

Elle arrive devant son immeuble avec une demi-heure d'avance. Il est bien trop tôt pour monter chez lui. Même si elle a hâte de le voir, elle doit se faire désirer. Elle file au café du coin de la rue. Le café où Tom l'emmène souvent. Elle s'installe sur *leur* banquette en moleskine rouge et commande un café allongé avec un verre d'eau. De quoi faire passer le temps.

— Alors, vous êtes célibataire, aujourd'hui ? Il vous a laissée seule, votre copain ? Une jolie fille comme vous !

Le serveur lui fait un clin d'œil.

— Non, j'ai rendez-vous avec lui.

— Il se fait attendre, alors ? Ce sont les hommes qui se font désirer, aujourd'hui ? C'est le monde à l'envers.

Charlotte boit son café. Songeuse.

En effet, elle attend que Tom s'engage. Cela dure depuis plus d'un an. C'est elle qui est toujours en demande. La première fois qu'elle avait vu Tom, elle était mal habillée et pas maquillée. En se rendant à cette conférence sur l'écologie, elle n'aurait jamais imaginé qu'elle tomberait amoureuse d'un des journalistes invités. Quand elle l'avait vu sur scène poser des questions aux intervenants, elle avait senti son cœur résonner dans sa poitrine. Il portait des tennis blanches, un chino beige, une chemise en jean et un borsalino. Il avait tout de l'aventurier. Très souriant, il semblait à l'aise avec tout le monde. Pourtant, il souffrait intérieurement. Sa femme l'avait quitté pour un autre journaliste. Un journaliste plus en vue. La conférence terminée, Charlotte s'était faufilée discrètement près de lui devant le buffet. Il avait croisé ses yeux, et aussitôt engagé la conversation avec elle. Très vite, ils s'étaient rendu compte qu'ils avaient de nombreux amis en commun et qu'ils partageaient la même philosophie de vie. Et quand il lui avait glissé à l'oreille « J'ai un super bordeaux sans sulfites d'un petit récoltant bio. Tu viens chez moi ? », Charlotte avait immédiatement oublié ses bonnes résolutions de se coucher tôt.

À travers la vitre du café, Charlotte observe les passants à l'extérieur. Ils se sont mis à courir, surpris par l'averse. Sur la colonne Morris du carrefour, le titre d'une pièce de théâtre accroche son regard : *Mieux vaut être seul que mal marié*. Derniers jours !

Charlotte pense à Stella, à ce qu'elle lui a dit la veille : « Tu verras : si tu suis ton intuition, l'extérieur te parlera. »

Elle hésite un moment, puis elle cherche dans son porte-monnaie la pièce russe que la musicienne lui a offerte.

Face, côté aigle à deux têtes, Tom se décide enfin à divorcer. Pile, côté chiffre... c'est la merde... et mieux vaut que je le quitte.

Elle prend une longue inspiration et tente une pichenette. La pièce rebondit sur le dos de sa main et lui échappe. Elle essaie de la rattraper, mais elle roule au sol jusqu'aux pieds du garçon. Il la ramasse et la plaque d'un geste sec sur la table.

— On vous a refilé une fausse pièce, on dirait...

Charlotte ne répond rien. Elle a le souffle coupé. Il a posé la pièce côté pile.

Elle règle et se sauve comme une voleuse.

Elle observe Tom. Il arrose les plantes. Il y en a partout devant le balcon en zinc qui donne sur les toits. Elle entend la pluie marteler la fenêtre au-dessus de sa tête. Le meublé que loue Tom depuis sa séparation avec sa femme lui paraît sombre, triste, sans vie. En lui ouvrant la porte, il a juste effleuré ses lèvres pour lui dire bonjour. Elle a tout de suite compris que la pièce russe disait vrai.

— Ton cours de danse s'est bien passé ?

— Pourquoi tu ne m'as pas appelée hier ?

— Mais je t'ai envoyé un message...

— Oui, un seul message de toute la journée ! Pour quelqu'un qui promet des textos d'amour, c'est réussi !

Il suspend son arrosage, semble hésiter.

— J'étais occupé… J'étais avec Virginie toute la journée.

— Comment ça, avec Virginie ?

— Non, non, ne va pas imaginer… Elle a peut-être un sujet pour moi, à sa production.

— Et tu vas accepter ?

Il allume son ordinateur. Son bureau est envahi de dossiers. Il parcourt ses e-mails.

— Je t'ai posé une question, Tom.

— Je serai toujours amené à voir Virginie, tu sais… À cause de Samuel.

— Que tu la voies pour ton fils, c'est une chose, mais de là à travailler des journées entières avec elle, c'en est une autre.

— Charlotte, tu crées toujours des problèmes là où il n'y en a pas.

Elle se lève d'un bond du canapé, blême.

— Quoi ? C'est moi qui crée des problèmes ? Ça fait plus d'un an que je passe ma vie à attendre que tu divorces, que tu t'engages vraiment avec moi.

— Mais on est ensemble. Ça ne sert à rien de précipiter les choses.

— Et tu préfères me laisser dans le flou.

— Charlotte, laisse-moi du temps.

— Tu sais quoi ? Tu vas en avoir, du temps, mais sans moi.

— Calme-toi, Charlotte… Qu'est-ce que tu fais ?

Le visage fermé, elle a ouvert la penderie. Elle récupère les quelques affaires qui lui appartiennent, va chercher sa brosse à cheveux et son déodorant dans la salle de bains. Elle met le tout dans un sac plastique.

— Charlotte, ne fais pas ça… Ce n'est pas simple pour moi.

Elle le fixe sévèrement. Tom s'est assis sur le canapé, la tête dans les mains. Il ne la regarde pas. Elle aimerait qu'il la retienne, qu'il la supplie de rester. Il ne bouge pas. Charlotte sort en claquant la porte. Elle attend quelques instants sur le palier. Aucun bruit, aucune réaction. Elle ne trouve même pas les larmes pour pleurer.

Chez elle, Charlotte s'écroule en pleurs sur le sol. Elle a le visage trempé, sa joue est collée sur le tapis, des fibres de laine lui entrent dans la bouche, la poussière lui pique les yeux. Ses spasmes l'empêchent de se relever. Elle voudrait se fondre dans le plancher, en finir avec cette vie injuste. Elle ferme les yeux, perd la notion du temps.

Elle se réveille tard dans la nuit, toujours étendue sur le sol. Un rayon de lune éclaire le tapis. Elle aperçoit un moucheron. Il avance avec lenteur et détermination entre les mailles et les nœuds de la laine. Tant d'obstacles à franchir. Charlotte est prise d'un élan de compassion.

Vas-y, sois fort, tu y es presque.

L'insecte semble lui répondre : *Toi aussi, tu y es presque. Continue d'y croire.*

Une nouvelle énergie la porte soudain. Charlotte se lève, prend son téléphone et efface les photos de Tom les unes après les autres. Elle hésite à supprimer son numéro, et finit par le conserver. Elle saisit un sac-poubelle, se débarrasse de tout ce qui lui rappelle sa relation avec lui, puis elle prend une longue douche, se savonne le corps, encore et encore. Charlotte ne veut plus avoir Tom dans la peau. Assise sur son lit, une serviette enroulée autour de son buste et une autre sur la tête, elle inspecte du regard son appartement. Cela fait sept ans qu'elle s'y est installée, elle avait signé le bail à la suite de son embauche dans son ancienne boîte.

D'un geste déterminé, elle attrape le téléphone et compose le numéro de Jeanne.

— Je ne te réveille pas ? J'ai une question à te poser : est-ce que ça tient toujours pour que je vienne habiter dans ta chambre de bonne ?

Être à l'écoute mais accepter le silence.

4

L'ange de la danse du Palais Garnier semble souhaiter la bienvenue à Charlotte quand elle surgit de la bouche de métro. Malgré le froid piquant, le ciel sans nuages promet une belle fin de journée. L'esprit léger, la jeune femme traverse la place de l'Opéra en se faufilant entre les voitures. Elle est parfaitement à l'heure pour son rendez-vous avec Stella. Elle est impatiente de retrouver son amie violoncelliste dans leur salon de thé, situé dans l'enceinte du bâtiment Napoléon III.

Une serveuse la débarrasse de son écharpe en grosses mailles et de son manteau. Stella est déjà arrivée. Charlotte l'aperçoit, installée entre deux colonnes en marbre. Elle a choisi une table dans un coin tranquille, décoré de larges bougies. Elle a gardé sa chapka sur la tête.

— Toi, je sens que tu as de bonnes nouvelles à me raconter, lui dit la musicienne en l'embrassant.

— Si l'on peut dire… Tu vas bien ? Elle est jolie, ta chapka.

— Un souvenir que j'ai acheté à Saint-Pétersbourg. Elle me tient chaud en hiver.

— Oui, c'est fou le froid qu'il fait aujourd'hui.

— Le thé va nous faire du bien. J'ai commandé du lapsang souchong. C'est du thé de Chine fumé. Cela te convient ?

— Parfait.

— Alors, quelles nouvelles, ma chérie ?

— J'ai déménagé. Et j'ai fait le vide autour de moi.

— Magnifique, tu es entrée dans un nouveau cycle, alors ?

— Je ne sais pas, mais je me sens plus légère. Je n'ai plus ce problème de loyer à payer chaque mois. Ma copine Jeanne m'a passé sa chambre de bonne.

— Ah, un petit espace. Idéal pour agrandir l'espace en soi.

— Je n'avais pas pensé à cela, mais je dois dire que le fait de m'être débarrassée de tout ce que je possédais m'a libérée d'un poids. Ça s'est passé si vite, comme par magie. Le nouveau locataire, que j'ai trouvé sur internet, a repris tous mes meubles. Il ne me reste que deux valises, quelques livres et mes fringues.

— Parfois, il faut savoir se dépouiller pour trouver l'essentiel. On ne devrait jamais posséder trop de choses, sinon ce sont les choses qui finissent par nous posséder.

Stella fixe Charlotte.

— As-tu entendu de nouvelles phrases dans ta tête ?

— Non, mais celle de l'autre soir a dit vrai. J'ai rompu avec Tom.

— Ce n'était pas ta peur, alors ?

— C'était bien mon intuition. Et je me suis servie de ta pièce russe. Elle m'a dit que cela allait être la merde si je restais avec Tom. Et puis, juste avant, j'avais vu cette affiche sur la colonne Morris…

— Quelle affiche ?

— L'affiche d'une pièce de théâtre qui avait pour titre *Mieux vaut être seul que mal marié.*

— Donc, si je comprends bien, c'est toi qui as décidé de quitter Tom ?

— Oui, il n'est pas clair avec sa femme…

— Quel était le titre de l'affiche, déjà ?

— *Mieux vaut être seul que mal marié.*

— Marié… « é » ou « é-e » ?

Charlotte réfléchit.

— Euh… « é » je crois.

— Ce message extérieur semblait être destiné à Tom…

— Tu penses ? Pourtant, quand j'ai vu cette affiche, je me suis tout de suite rappelé ce que tu m'avais dit chez toi, que l'extérieur me parlerait. Qu'est-ce que tu voulais m'expliquer exactement ?

— C'est pour cela que je t'ai donné rendez-vous ici, ma chérie. Pour en revenir à l'intuition, sache que tu la trouveras à l'intérieur de toi, comme la phrase que tu as entendue, mais aussi à l'extérieur, comme cette affiche.

— Mais comment est-ce possible ? L'affiche ne s'est pas matérialisée sur la colonne Morris exprès pour moi.

— Bien sûr que non, c'est ton intuition qui te l'a montrée. Parce que l'on projette toujours à l'extérieur ce qui se passe à l'intérieur de nous, un peu comme un projecteur de cinéma, tu comprends ? Ce que nous voyons au-dehors, c'est le miroir de ce que nous ressentons au-dedans. Qu'est-ce que tu aimes ici, dans ce salon, par exemple ?

Charlotte regarde autour d'elle. Les colonnes et leurs moulures, les sculptures contemporaines, le mobilier moderne.

— Ce qui me plaît bien, c'est que cet endroit fasse partie de l'Opéra. J'aime aussi ce mélange de modernité et de classicisme, la sérénité du lieu…

— Y a-t-il quelque chose qui te déplaît ?

— Non, rien… hormis le fait que je ne peux pas t'inviter parce que je n'en ai pas les moyens.

— Eh bien, tu vois, ton ressenti de ce lieu te dit exactement où tu en es aujourd'hui dans ta vie : une ballerine de formation classique qui s'est dirigée vers la danse contemporaine, qui est en quête de sérénité mais qui n'a pas assez de moyens pécuniaires en ce moment.

— Tu veux dire que je dois chercher les signes extérieurs pour savoir ce que dit mon intuition ?

— Oui, sauf que c'est au moment où tu ne les chercheras pas qu'ils apparaîtront. La communication avec l'intuition est souvent paradoxale : il faut savoir demander sans être en demande, être à l'écoute mais accepter le silence, lâcher le vouloir sans abandonner l'envie d'avancer. C'est un dosage très subtil, unique à chacun. Il n'y a pas de règle. Toutefois, on doit faire ses gammes pour reconnaître sa mélodie. L'intuition est un état vibratoire, une longueur d'onde. C'est comme un sixième sens qui utilise les cinq autres : ça peut être une voix, une image, une sensation corporelle, un goût, une odeur. Les rêves sont aussi le langage de l'intuition. Tout peut parler à l'intérieur de soi comme à l'extérieur, et à la fin on sait… mais on ne sait pas comment on sait.

— Mais si je confonds encore ma peur avec mon intuition ? Si je me trompe ?

— Ça fait partie du chemin, ma chérie. La seule chose que tu puisses faire lorsque tu dois prendre une décision, c'est te demander si tu agis par peur ou par amour. Pose-toi cette question par exemple pour savoir ce qui t'a motivée pour quitter Tom : la peur ou l'amour ?

— Je pense que c'était plutôt la colère.

— Mais quel sentiment y avait-il derrière cette colère ? La colère était-elle là pour te protéger par amour ou pour t'éloigner par peur ?

Silence.

Charlotte reste muette. Stella vérifie l'heure à sa montre en sautoir.

— Il faut que je te laisse, j'ai ma répétition. Finis tranquillement ton thé en méditant sur ce que je t'ai dit.

Stella rajuste son étole de cachemire sur ses épaules et se lève.

— Ne t'en fais pas, mon ange, dit-elle en l'embrassant. Au bout du chemin, tu verras que tout est parfait.

Charlotte suit Stella du regard. La serveuse aide la musicienne à revêtir sa longue cape beige avant de l'accompagner jusqu'au sas à rideaux de velours rouge. Le téléphone de Charlotte vibre sur la table. Le nom « maman » s'affiche sur l'écran.

— Où es-tu Charlotte ?

— Au salon de thé de l'Opéra. Pourquoi ?

— Pourquoi ? Je suis passée chez toi et on m'a dit que tu n'habitais plus là !

— Excuse-moi, je ne t'ai pas prévenue. Oui, j'ai déménagé. Mais ne t'inquiète pas, j'ai trouvé une chambre de bonne. C'est Jeanne qui me la prête.

— Tu as trouvé une chambre de bonne ! ? Mais c'est un travail, que tu aurais dû trouver ! Pourquoi ne m'as-tu rien dit ? Tu aurais pu venir ici, la maison est grande.

— Fontainebleau, c'est trop loin. Ce n'est pas pratique pour donner mes cours.

— Mais il faut que tu retrouves un boulot fixe dans ta branche, Charlotte ! Ne serait-ce qu'un CDD. Tu pourras toujours donner des cours de danse le soir si tu aimes vraiment ça.

— Le marketing, c'est fini pour moi, maman. Je te l'ai déjà dit.

— Et pourquoi n'es-tu pas allée vivre chez Tom ?

Instant de flottement. Hésitation.

— Faut que je raccroche, j'ai un entraînement dans pas longtemps. Je viendrai déjeuner avec toi à Fontainebleau. Je te rappelle, promis.

Charlotte éteint son téléphone dans un état second. Elle boit machinalement le reste du thé. Il est devenu froid et amer. Ses pensées sont à nouveau submergées par Tom. Une vague de tristesse déferle dans tout son corps. Dehors, la nuit est tombée d'un coup. La serveuse lui ouvre le rideau du sas. Le froid la saisit au visage. Elle s'engouffre dans la bouche de métro. Dans une heure, elle s'entraînera, comme tous les jours. Danser. Danser pour oublier.

Il suffit d'écrire tout ce qui te passe par la tête.

5

Théa se penche au minuscule balconnet surplombant le parc des Buttes-Chaumont. L'immense vue de Paris qui s'offre à ses yeux l'impressionne.

— On voit même le Sacré-Cœur ! Ce n'est pas grand, ici, mais c'est magique ! Jeanne ne te demande aucun loyer ?

Un carton dans les mains, Charlotte range ses livres sur l'étagère suspendue au-dessus du canapé-lit gris clair.

— Aucun, mais je lui ai proposé de garder ses filles de temps en temps pour qu'elle puisse avoir quelques soirées avec Bernard.

— Tu seras bien ici, tu vas voir.

Théa ouvre son sac en suédine à franges. Elle en sort une trousse en velours dans laquelle elle a rangé une boussole.

— Alors, où est-elle, ta zone amour ?

— Ma zone amour ?

— Cha, je t'ai dit que je t'aiderais à appliquer les principes du feng shui. Je vais te montrer ce que j'ai appris à mon stage de psycho-décoration, comment trouver la meilleure énergie chez soi.

Boussole en main, Théa tourne sur elle-même, puis s'oriente vers la cabine de douche.

— Intéressant ! Ta zone amour se trouve dans la douche, constate-t-elle avec un sourire. Ce n'est pas étonnant, vu que tu viens de rompre avec Tom. Pour la renforcer, tu pourrais mettre, par exemple, deux savons en forme de cœur, deux shampooings, deux gants de toilette, deux serviettes, comme si tu étais en couple.

— Pour le moment, je n'ai pas envie d'être en couple.

— Tiens, j'ai apporté mes tarots. Est-ce que tu veux tirer une carte pour connaître ta situation amoureuse ?

— Si cela te fait vraiment plaisir.

Théa cherche à nouveau dans son sac à main. Elle étale les lames du tarot, faces cachées, sur la table basse.

— Prends-en une.

Charlotte retourne une carte. Elle représente un homme entre deux femmes. C'est la lame de l'Amoureux.

— La carte est à l'envers. Cela marque une difficulté. À mon avis, tu ne sais pas encore exactement ce que tu veux. Tu hésites... Tu hésiteras même entre deux hommes. Tu es tiraillée entre deux voies.

— Je ne suis pas faite pour les histoires d'amour, ça ne marche jamais. C'est toujours trop compliqué.

— C'est parfois en prenant conscience de sa vulnérabilité et de sa fragilité qu'on peut s'ouvrir. Un cœur brisé est un cœur ouvert, comme disait mon chaman maya, tu sais, celui qui m'a initiée au Mexique.

Théa prend Charlotte dans ses bras.

— Tout passe, tu sais.

Elle reprend sa boussole.

— Alors, maintenant, voyons pour le sud-est : ta zone abondance et argent. Il y a ton canapé-lit… C'est symbolique… Tu ne dois pas avoir beaucoup de mouvements sur ton compte en banque. Qu'est-ce que tu aimerais dynamiser dans ta vie professionnelle ?

— J'aimerais que mes cours de danse prennent de l'ampleur, avoir davantage d'élèves.

— Justement, le feng shui va t'y aider. Tu pourrais peut-être accrocher au-dessus de ton lit des photos de groupes de danseurs ?

— Tu veux dire qu'en affichant des « signes extérieurs » ils vont agir sur mon état intérieur ?

— Oui, ta maison doit refléter tes envies si tu veux les voir se manifester dans ta vie. Intérieur et extérieur, tout est lié.

— Stella m'a expliqué quelque chose de similaire au sujet de l'intuition.

— Tout est symbole autour de nous. Même les pierres nous parlent si nous savons les écouter.

— *Dixit* ton chaman ?

— Absolument.

Toujours à l'aide de sa boussole, Théa se dirige vers la fenêtre située au nord.

— Alors là, c'est parfait ! Regarde où se trouve ta zone carrière : vue sur le Sacré-Cœur et tout Paris à tes pieds.

Le regard de Charlotte se perd à l'horizon. Le Sacré-Cœur au loin lui paraît si proche, elle pourrait presque le toucher du doigt. Théa plonge à nouveau la main dans son sac et s'empare d'un carnet recouvert de motifs géométriques.

— Tiens, c'est pour toi.

— Il est très beau. J'adore, merci.

— C'est pour poser des questions à ton intuition. J'ai lu un livre génial sur ce sujet. Ça m'a fait penser à ce que Stella t'a raconté. Apparemment, on peut questionner son intuition comme si on interrogeait quelqu'un. Pour connaître la réponse, il suffit d'écrire tout ce qui te passe par la tête, même si cela te paraît absurde. L'idéal est de le faire tous les jours. Tu pourrais intégrer ça à ton rituel du matin…

— J'espère que ça marchera mieux que les affirmations positives que tu m'as fait coller sur mon miroir, et qui n'ont rien donné.

— Vu l'état d'angoisse dans lequel tu te trouvais avec Tom, c'est sûr que ça ne pouvait pas marcher. On doit avoir l'esprit serein quand on fait ça ! La méditation est un outil super pour y arriver.

— Oui, mais quand j'ai essayé de méditer, je pensais davantage à Tom et ça me stressait encore plus.

— Tu n'es plus avec lui, aujourd'hui, cela devrait être plus facile. Tu as bien fait de te débarrasser de toutes les choses qui te faisaient penser à lui. Les objets contiennent la mémoire émotionnelle de leur propriétaire. Ça crée des liens invisibles.

— Je n'ai presque rien gardé de lui, que son numéro de téléphone et ses clés, que je devrais bien lui rendre un jour.

— Tu n'as qu'à les lui renvoyer par la poste.

— Je n'y avais pas pensé, dit Charlotte, à moitié convaincue.

— Maintenant qu'on a fini avec le feng shui, je t'emmène au cours de méditation.

— C'est où ?

— À mon centre de yoga, à côté de la gare l'Est. On y va à vélo ?

Les murs de salle de méditation sont peints en orange. Des fleurs en papier pendent au plafond. Des portraits en noir et blanc de différents maîtres hindous ont été accrochés un peu partout. Charlotte est assise en lotus à la gauche de Théa. Elle essaie de se centrer. Elle a des fourmillements dans la jambe gauche. Son nez la gratte. Elle fait comme si de rien n'était, elle espère que ça va passer. Impossible. Ça la démange trop. Elle craque et lève discrètement le bras pour faire cesser les picotements. Les yeux fermés, elle entend la voix rauque du yogi.

— On ne bouge pas… Le dos bien droit, concentrez-vous sur le point au milieu des sourcils, visualisez une lumière blanche sur le son « om ».

Charlotte n'y arrive pas. Trop de pensées envahissent son esprit. La conversation avec sa mère défile à nouveau dans sa tête. Elle sent la colère monter en elle. Cette position immobile ressemble à une punition. Elle se sent emprisonnée dans son corps. Elle voudrait bouger, danser, chasser cette rage qui pointe.

— Laissez couler les pensées qui viennent à vous, ne vous y accrochez pas. Laissez passer les émotions comme des nuages dans le ciel. Revenez sur votre respiration.

Les paroles de sa mère s'éloignent peu à peu. Des pensées nostalgiques à propos de Tom surgissent. Quelques instants. Puis elles disparaissent. Un grand calme l'envahit. Elle se laisse transporter par la lumière blanche. Un soleil s'infiltre dans sa peau, gonfle ses cellules, réchauffe son plexus, dilate son cœur et le remplit de particules dorées. Une montée de joie pure la transcende. Soudain, la vision d'une colline verdoyante se reflète sur la surface lisse d'un lac étincelant. Elle devient la colline, elle est sa végétation, son relief, ses ruisseaux, elle est son sommet et le ciel au-dessus d'elle. Elle flotte. Elle flotte au-dessus d'elle. Le gong du yogi la ramène dans son corps.

— Alors, c'était bien ta méditation ?

Charlotte met quelques instants à répondre à Théa. Le brouhaha extérieur autour de la gare de l'Est lui vrille les tympans. Elle a encore l'esprit perché sur la colline.

— Je crois que je suis sortie de mon corps, Théa.

— Tu es sûre ? C'est rare, tu sais. Moi, ça ne m'est arrivé qu'une seule fois, dans la hutte de sudation avec mon maître maya.

— Et j'ai aussi vu une colline devant un lac. Elle était tellement belle, tellement réelle.

— Tu t'y es peut-être déjà promenée ?

— Je ne pense pas.

— Ce n'était pas chez ton père, à la montagne ?

— Non, mais c'était comme si je connaissais ce lieu.

— Alors c'était sûrement un message de ton intuition. Tu devrais peut-être poser la question dans le carnet.

— Tu as raison, je vais le faire…

— Écris le matin, c'est le meilleur moment pour le faire. Faut que je te laisse, Cha, je dois aller à mon *recall*.

— Ça a marché alors, ton casting, l'autre soir ?

— Oui, le réalisateur veut me revoir. Il est américain. C'est pour un tournage aux États-Unis.

— Super, tu es complètement lancée maintenant, comme comédienne.

— C'est le Mexique qui m'a transformée. Allez, j'y vais.

De retour dans sa chambre, Charlotte repense à cette colline « magique ». Elle aurait bien aimé raconter cette expérience à Tom. Ses grands yeux bleus dans les siens, il l'aurait écoutée en silence, avec attention. Il l'aurait sûrement aidée à décoder cette vision. Il était ouvert à l'invisible et aux mystères de l'univers. Elle trouve une pomme et un sachet d'amandes sur l'étagère au-dessus du lit. Elle ne se sent pas le courage de descendre dîner chez Jeanne. Elle ne pourrait pas lui parler de sa séance de méditation devant son mari. Bernard est trop rationnel. Dehors, les lumières de la ville s'allument les unes après les autres, le Sacré-Cœur brille dans le crépuscule. Charlotte croque dans la pomme, songeuse. Elle reste de longues minutes à contempler la basilique blanche accrochée à la colline.

De la répétition naît la création.

6

Charlotte ouvre les yeux et s'étire comme un chat. Un rayon de soleil caresse sa peau. Une douche chaude la sortira du sommeil. Elle se concentre sur le bruit de l'eau, veut profiter de l'instant présent. Le flacon de gel douche est vide, plus une goutte.

J'ai encore oublié d'en acheter.

Elle sort de la cabine, trempée. Le savon de l'évier fera l'affaire. Elle se sèche, puis trouve, entassés sur une chaise, un body, un legging et une paire de chaussettes. Elle enfile le tout. Ce matin, elle a décidé de suivre le conseil de Théa, de reprendre ses rituels quotidiens : « Le rituel est essentiel pour créer le mouvement de ta vie. Le fait de répéter régulièrement les mêmes gestes ou certaines activités chaque jour permet d'accéder à la maîtrise de soi, de la matière et des événements. Même un rituel de dix minutes transformera ta journée. De la répétition naît la création. À toi de choisir les pratiques qui te plaisent. Elles deviendront ton rituel personnel. »

Premier rituel du jour, son yoga. Elle déroule le tapis de mousse devant la fenêtre. Elle veut voir le ciel. Légère raideur matinale dans ses articulations.

Exercices de respiration. Son état change. Salutation au soleil. Elle se penche, elle se cambre, elle se tord et se relève. Deuxième rituel du jour, son super jus. Poire, clémentine, carotte, pomme, curcuma. Elle branche le blender, sonore comme un mantra. Il fait vibrer les murs de la chambre. Elle savoure en silence chaque gorgée de sa boisson. Rituel du carnet. Le troisième du jour. Direction, le café d'en bas. Elle détache ses cheveux, passe une doudoune sur sa tenue de yoga et descend les sept étages à pied.

Ne plus prendre l'ascenseur ? À intégrer au rituel ? À voir.

Café du Parc. La chaleur du lieu contraste avec le froid extérieur. Le barman lui sert un café allongé brûlant. Elle repousse le croissant gras. Accoudée au bar, elle ouvre son nouveau carnet. Elle mordille son stylo, ferme les yeux, essaie de formuler sa question. C'est la première fois qu'elle adresse une question par écrit à son intuition. Elle hésite, puis elle griffonne : « Intuition chérie, peux-tu me dire pourquoi j'ai vu cette colline ? Ce lieu existe-t-il vraiment ? Que dois-je comprendre ? »

Rien. Rien ne lui vient à l'esprit. Blanc total. Elle essaie de se concentrer, le stylo pointé sur le carnet ouvert. Le bruit de la machine à café lui souffle dans la tête. Soudain, un mot traverse son esprit.

Centre.

Elle ne comprend pas, mais elle l'écrit : « Centre ? Le centre où je donne mes cours ? Le centre de la rue de Paradis ? »

C'est vrai que sur la colline « magique », elle s'est sentie comme au paradis. Elle termine son café d'un trait, glisse son carnet d'intuition dans sa poche. Elle doit aller chercher du gel douche et faire des courses pour le déjeuner chez Jeanne. C'est elle qui a proposé ça à son amie pour qu'elle puisse passer plus de temps avec ses filles.

Au rayon cosmétique, elle cherche sa marque habituelle. Des savons en forme de cœur attirent son attention. Elle en prend un. Elle le sent. Le parfum lui plaît. Non, elle le repose. Elle n'a pas envie d'être en couple. Elle trouve son gel douche, le met dans son panier et se dirige vers les étals de fruits et de légumes. Elle a prévu de faire un risotto aux cèpes. Elle trouve les oignons, l'ail, les champignons. Tout est bio. Mince, Bernard n'est pas végétarien. Elle prend une cuisse de poulet au rayon volaille. En attendant son tour à la caisse, elle voit un couple d'adolescents. Ils ne se soucient pas des regards extérieurs. Ils s'embrassent. Amoureux. Charlotte fait demi-tour. Retour au rayon cosmétique. Deux savons en forme de cœur, un deuxième gel douche, deux brosses à dents. Qui ne tente rien n'a rien.

Elle fait revenir les champignons dans la poêle. Lucie et Chloé, les filles de Jeanne, six et trois ans, surgissent dans la cuisine. La plus grande veut montrer à Charlotte ce qu'elle a appris en classe de danse. Elle prend la tablette de Bernard. Elle trouve sur YouTube une vidéo du *Lac des cygnes*. Lucie met le son à fond et commence son spectacle. Sa petite sœur l'imite.

Chassés-croisés, révérences, pirouette bancale les bras en l'air. Chloé pousse des cris stridents.

— Mes petites fées, vous savez que maman a besoin de tranquillité pour préparer le déjeuner.

— C'est pas toi qui fais à manger, répond Lucie.

— C'est Charlotte, enchaîne Chloé.

Bernard fait irruption dans la cuisine.

— Chloé, arrête tout de suite ces hurlements. Lucie, je t'ai dit mille fois de ne pas jouer avec ma tablette. Et toi, Jeanne, tu les laisses faire ?

— Non, je ne les laisse pas faire, mais je leur explique mes besoins. Tu ferais bien toi aussi de faire un stage de communication non violente.

Bernard hausse les épaules.

— Bon, on mange quand ? Ce n'est pas trop violent, ça ?

Il disparaît dans le salon. Jeanne lève les yeux au ciel et prend Charlotte à témoin.

Les filles ne finissent pas leur assiette. Elles réclament le dessert, se lèvent de table, puis courent dans tous les sens en chantant. Chloé crie et tire la langue. Avec tout ce chahut, Jeanne a du mal à suivre Charlotte, ce qu'elle lui explique au sujet du feng shui. Bernard soulève un sourcil moqueur.

— C'est vraiment n'importe quoi, tout ça.

Jeanne se raidit.

— Tu sais, mon cœur, beaucoup d'entreprises utilisent le feng shui pour obtenir plus de performance.

— Et pour remplir les poches des charlatans, se moque Bernard.

Lucie a enfilé une paire d'ailes d'ange et elle tourne en courant autour de la table. Chloé la poursuit pour attraper le tulle blanc. Elle déséquilibre sa sœur dans sa course. La bouteille de vin bascule. Le tapis est dévasté. La gifle part toute seule. Jeanne est effarée par son geste. Elle a perdu le contrôle. Lucie hurle en se tenant la joue. Sa sœur fait pareil, en criant plus fort. Dans la cuisine, Jeanne craque et s'écroule en pleurs.

— Je suis une mauvaise mère. Dans la rue, j'ai honte. C'est la foire permanente avec les filles. Tout le monde nous regarde. Pourtant, j'essaie de bien faire. Mais tu vois, avec Bernard, ce n'est pas facile. Il les engueule tout le temps.

Charlotte n'aime pas que son amie dise du mal de son mari. Ça lui rappelle sa mère. Elle la prenait toujours à partie pour enfoncer son père. Elle conseille à Jeanne de passer plus de temps en tête à tête avec Bernard, et lui rappelle qu'elle peut garder les filles de temps à autre.

— Tu es vraiment adorable, Charlotte. On peut toujours compter sur toi. Justement, l'anniversaire de Bernard approche. Comme ça, je lui ferai une surprise. Je l'emmènerai dans un restaurant étoilé.

Après le déjeuner, Charlotte se met en route pour la partie préférée de son rituel : son entraînement de danse. La salle se trouve dans le onzième arrondissement. Depuis son burn-out, Charlotte s'y entraîne quasiment tous les jours. Elle a repris la danse contemporaine, a fait de nombreux stages de perfectionnement et a également suivi des ateliers pour les professionnels. Elle a passé un nombre impressionnant d'heures au centre, si bien qu'aujourd'hui elle fait partie des danseurs autorisés à s'y entraîner quand ils veulent. Une salle leur est spécialement réservée. Depuis les Buttes-Chaumont, Charlotte s'y rend toujours à vélo. Cela lui permet de s'échauffer.

Une fois arrivée sur place, elle se dépêche de se changer dans les vestiaires. Elle évite de s'y attarder. Le reflet de sa nudité dans les miroirs ne lui plaît pas. Elle se trouve toujours plus grosse que les autres danseuses.

Dans la salle, Charlotte se centre sur son état du moment. Elle s'allonge sur le sol, roule d'un côté et de l'autre, étire les bras, les jambes. C'est son rituel pour s'aligner avec elle-même. Chaque fois qu'elle se prépare à danser, elle retrouve cette sensation de n'être plus seule, d'être proche d'un double invisible qui la regarde en silence et lui sourit.

De retour dans sa chambre au septième étage. Charlotte feuillette sa collection de magazines *Mouvement* pour y sélectionner des photos de groupes de danseurs. Elle s'arrête sur des clichés de la troupe du chorégraphe égyptien Asar Asmar. Ancien comédien, Asar Asmar s'est très vite lancé dans la danse contemporaine au Caire, sa ville natale. Mondialement connu pour ses performances spectaculaires au pied des pyramides, il a récemment monté en France sa propre compagnie de danse. Les photos de danseurs regroupés autour du chorégraphe paraissent idéales à Charlotte. Comme Théa le lui a conseillé, elle les fixera au-dessus du canapé-lit pour activer sa zone abondance. Elle s'applique à découper toutes les images. Elle se met à espérer.

C'est dans le désert
qu'on se découvre.

7

Cet après-midi, Charlotte se donnera son premier « rendez-vous » avec elle-même. Théa lui a expliqué au téléphone comment s'y prendre.

— Chaque semaine, tu te réserves quelques heures pour aller à la rencontre de ton enfant intérieur, cette part de toi-même, toujours en état de joie et d'insouciance, qui te fait découvrir le monde avec les yeux d'un enfant et qui te pousse à jouer et à créer.

— Et comment on fait pour aller à sa rencontre ?

— Je te donne ma méthode : je découpe une feuille de papier en plusieurs morceaux et j'écris dessus différents quartiers où je vais rarement. J'en tire un au hasard, et je m'y rends pour le découvrir avec les yeux d'une touriste.

— C'est vrai qu'en voyage on regarde davantage autour de nous. On est beaucoup plus dans l'instant présent.

— Exactement. C'est l'état idéal pour développer sa créativité. Tu verras.

Charlotte est descendue au café du Parc. Derrière la fontaine à bière, le barman la regarde écrire sur différents bouts de papier. Il s'est habitué à ses pratiques originales. Il l'aime bien. Elle le fait rire. Les yeux fermés, Charlotte pioche dans le tas de petits papiers posés sur le zinc.

Elle tire « Étienne Marcel ».

Un quartier connu, mais qu'elle connaît peu. Elle sait où elle doit aller, à présent. Le barman lui souhaite un bon dimanche et lui dit à demain.

En haut des escaliers de la bouche du métro, elle marque un temps d'arrêt et examine le ciel. Il fait beau. Elle décide d'aller à pied à son « rendez-vous ».

Il est 15 heures lorsqu'elle arrive à la hauteur de la station Rambuteau. Elle n'est plus très loin de sa destination. Les boutiques autour du parvis de Beaubourg ont déjà sorti les décorations de Noël. Des touristes, des promeneurs solitaires, des couples, des familles avec des poussettes se croisent devant Charlotte. Depuis l'enfance, elle aime observer le va-et-vient des passants, sentir le rythme des corps. Elle vit chacun de leurs mouvements dans sa tête.

Une longue cape beige se présente comme une apparition devant elle.

— Stella ? Mais qu'est-ce que tu fais là ?

— Crois-moi si tu veux, ma chérie, je pensais justement à toi !

— Quelle coïncidence !

— Oui… En plus, j'allais t'appeler. J'ai reçu hier deux invitations pour la première de *La Bayadère* à Garnier. Cela te dirait d'y aller avec moi ?

— Avec plaisir. Ça fait tellement longtemps que je n'ai pas vu un ballet à l'Opéra.

— Je sens que c'est bien que tu m'y accompagnes. Le fait que je te rencontre me le confirme. Déjà que cette invitation m'a surprise… D'habitude, la direction du théâtre ne m'envoie jamais rien. Quand j'ai découvert qu'il s'agissait d'une première de ballet, j'ai immédiatement pensé à toi.

— C'est adorable de ta part.

— Ce n'est pas de ma part, c'est de celle du destin. Tu vois, ma chérie, quand il y a deux coïncidences comme celles-ci, on est certain d'avoir affaire à une synchronicité.

— Un message extérieur de l'intuition, n'est-ce pas ?

— Oui, c'est une communication très puissante avec notre être profond. Je t'explique : un, je reçois cette invitation inhabituelle, qui me fait penser à toi ; deux, je me dis qu'il faut que je t'appelle et je te rencontre dans la rue par hasard.

— Et donc ?

— Et donc je dois me rendre à l'Opéra avec toi ! On aura certainement la réponse là-bas. La synchronicité, c'est comme un jeu de piste, ma chérie. Si tu veux en savoir plus sur le sujet, je te conseille de voir les vidéos du professeur Pierre Loiseau. C'est un physicien, spécialisé en physique quantique, très calé. Il explique tout cela d'une façon très scientifique, que je serais incapable de te retransmettre car c'est trop technique.

— Très bien, je regarderai. Mais dis-moi, pourquoi es-tu dans ce quartier ?

— Je sors de l'expo du peintre japonais Hokusai. J'adore son travail. *La Grande Vague de Kanagawa*, quelle merveille ! Toute cette eau ! Moi qui suis du signe des Poissons, je suis dans mon élément devant ses toiles. Et toi, que fais-tu par ici ?

— Je me balade avec moi-même.

— Mais quelle bonne idée, une promenade en solitaire ! Rien de mieux pour se laisser conduire par son intuition. C'est dans le désert qu'on se découvre ! Allez, je te laisse, mon ange. Je t'enverrai un message pour te préciser la date pour *La Bayadère*. Je ne l'ai plus en tête. Bonne balade !

Charlotte arrive à sa destination. Elle décide de remonter la rue Étienne-Marcel en direction de la place des Victoires. À la hauteur de la rue Tiquetonne, elle entend quelqu'un crier son nom. Elle se retourne. Un homme barbu, installé à la terrasse chauffée du café Lézard, lui fait un signe de la main. Elle met un certain temps avant de le reconnaître. C'est Dominique, un ami réalisateur de Tom. Elle le rejoint.

— Domi ! Je ne t'avais pas reconnu. Tu t'es laissé pousser la barbe ?

— Ce n'est pas un choix de ma part, je sors d'un mois de tournage.

— Super, c'était quoi ?

— Un projet pas très intéressant pour Sam Productions.

— La production de la femme de Tom ?

— Oui. Depuis qu'il est à nouveau avec elle, elle me refait bosser.

Charlotte prend un coup dans l'estomac. Elle se retient à la table du bistrot où Dominique boit sa pinte.

— Je t'offre quelque chose ?

— Non, merci, je suis pressée… Je dois rentrer.

— Et la danse, ça marche ?

— Oui, de mieux en mieux.

— Je dirai à Tom que je t'ai croisée.

— Ce n'est pas la peine… Salut, Dominique.

Charlotte rajuste son col. Elle accélère le pas. Devant elle, la statue équestre de la place des Victoires devient floue. Charlotte se met à pleurer dans son écharpe.

Tout ça, c'est peut-être de l'illusion.

8

Comme d'habitude, Théa ne pourra pas rejoindre Charlotte à son cours de danse à cause d'un casting de dernière minute. Jeanne, elle, est coincée à la maison avec les filles. L'avion de Bernard n'a pas pu décoller en raison des grèves. Il doit passer la nuit à Lyon.

Charlotte entre dans le centre de danse de la rue de Paradis. Elle est persuadée qu'il n'y aura encore personne à son cours. À la réception, elle s'étonne de l'absence de Michaël. Dans le vestiaire, elle retrouve la jeune femme de la semaine dernière. Elle est entourée de trois adolescents, un garçon et deux filles.

— Ah, Charlotte, je suis venue avec mon fils et deux de ses copines.

Le garçon fait penser à un des danseurs de la troupe d'Asar. Charlotte remarque tout de suite la ressemblance. Son cœur se dilate. Elle retrouve le sourire.

— Génial ! Avec moi, on va être un groupe de cinq.

Une heure plus tard, les nouveaux élèves de Charlotte ressortent enthousiasmés. Ils se sont vraiment bien lâchés. Le garçon prend Charlotte à part.

— J'ai adoré ce que tu nous as fait faire. On ne dirait pas un cours. Je reviendrai la semaine prochaine avec des potes.

Charlotte collecte les quatre coupons pour le cours, salue ses élèves et prend le chemin de la réception. Une femme brune, les cheveux noués en une longue tresse, en cache-cœur rose, se tient derrière le comptoir.

— Michaël n'est pas là ce soir ? demande Charlotte.

— Non, Michaël ne travaille plus ici. C'est moi qui le remplace, dit-elle en pianotant sur le clavier de l'ordinateur. Vous étiez dans la salle Pina-Bausch, c'est bien ça ?

— Oui, confirme Charlotte.

Elle sort son carnet de chèques.

— Vous n'avez pas réglé la salle, la dernière fois.

— Mais… Michaël n'a pas voulu que je paie.

— C'est une des raisons pour lesquelles il ne travaille plus ici, répond la femme brune sans quitter son écran des yeux. À ce propos, continue-t-elle, je voulais vous dire que le centre n'acceptera plus de louer ses salles pour un effectif inférieur à dix personnes. Vous n'avez eu que quatre élèves, ce soir. La prochaine fois, il faudra respecter le nouveau règlement, sinon…

— Sinon quoi ?

— Nous serons dans l'obligation d'attribuer votre salle à un autre enseignant. Un cours peu fréquenté comme le vôtre ne donne pas une bonne image du centre.

Charlotte rédige le chèque. Elle serre les mâchoires.

Elle retrouve Théa devant la brasserie Chez Jeannette. Son amie fume nerveusement.

— Ça n'a pas l'air d'aller, Théa.

— Je suis dégoûtée. Finalement, je n'ai pas été prise pour le film américain. Je ne suis pas assez *bankable*. Le réalisateur a choisi Mélanie Laurent.

— C'est dur ! Tu tenais tellement à ce projet aux États-Unis. Viens, on va se prendre un remontant.

Le serveur arrive avec leurs habituels mojitos. Il les pose sur la table en Formica rouge.

— Je ne comprends pas. Je m'y voyais vraiment, à Hollywood. Je me suis même vue habiter là-bas.

— Je ne sais pas ce qui se passe en ce moment. Les énergies sont lourdes. Tout coince. Alors que ça avait l'air de se débloquer pour moi, côté élèves, voilà qu'ils mettent une nouvelle responsable au centre. Elle m'oblige à avoir un minimum de dix personnes par cours. Je ne sais pas comment je vais les trouver. Je me demande si tout ce qu'on fait, entre les rituels, le feng shui et les affirmations positives, marche vraiment. Tout ça, c'est peut-être de l'illusion.

Théa boit son verre d'une traite. Elle se redresse, tape du poing sur la table.

— On ne va se laisser abattre. Tu sais quoi ? Je t'emmène à un festival de musique électronique. C'est à Vincennes.

— Je ne sais pas si j'ai le courage.

Théa est déjà debout.

— Mon chaman me disait : « Quand tu te sens mal, mets-toi en mouvement ! » Allez, prends ton manteau, on y va en taxi !

La musique lui arrache les tympans. Autour de Charlotte, tous les bras sont levés comme pour atteindre le haut du chapiteau, toutes les têtes marquent le tempo. Théa, les cheveux dans la figure, se déhanche à côté d'elle sur les sons métalliques. Les immenses enceintes font vibrer la salle. Le sol tremble. Un raz-de-marée humain se presse devant la scène en hurlant. Charlotte est ailleurs. Dans sa tête.

Tom s'est remis avec sa femme. Pourtant, il avait juré qu'il ne retournerait jamais avec elle.

Un homme s'approche de Charlotte et commence à se coller contre elle. Bien que l'inconnu soit séduisant, elle ne répond pas à son sourire et s'écarte de lui. Elle le voit se tourner vers Théa et lui parler à l'oreille. Elle regarde son amie à la beauté pulpeuse dans sa jupe en cuir. L'homme semble être étranger, Théa lui parle en anglais. Elle fait deux clins d'œil à Charlotte. Un code pour signaler quand un homme lui plaît. Théa suit l'étranger, qui l'a prise par la main. Elle fait un nouveau clin d'œil à Charlotte avant de la laisser seule au milieu des corps en transe. La bière renversée lui colle aux pieds, mais Charlotte s'est mise à danser. Elle veut expulser sa noirceur, ses émotions refoulées sous les flashs des lumières violettes qui lui fouettent le visage. Elle danse. Elle danse. Elle ne s'arrête plus. Rien d'autre n'a d'importance.

Quand tu te sens mal,
mets-toi en mouvement.

9

Avant, il y avait les dimanches avec Tom. Charlotte se sentait comme dans une bulle. Le temps leur appartenait, s'étirait lentement comme pour laisser plus d'espace à leurs envies. Ce dimanche, un air de nostalgie grisâtre s'est infiltré dans la chambre de bonne. Charlotte regarde par la fenêtre. Des cris et des rires joyeux d'enfants montent du parc des Buttes-Chaumont jusqu'à elle. Aura-t-elle un jour des enfants ? Elle pense à ce que Stella lui a dit : « C'est dans le désert qu'on se découvre. » Elle scrute le ciel. Il est bas, plombé par les nuages. Elle a envie de pleurer.

« Quand tu te sens mal, mets-toi en mouvement. » Difficiles à suivre, les recommandations de Théa, aujourd'hui. Charlotte se sent vide, sans énergie, incapable de la moindre action. Elle s'effondre sur le canapé-lit, le regard perdu au plafond. Le porche de la cathédrale Notre-Dame lui apparaît soudain comme dans un flash. Un souvenir de Tom ? La première fois qu'il l'avait embrassée, c'était sur le kilomètre zéro devant Notre-Dame. Ils avaient traversé l'île de la Cité pour aller chez lui. Charlotte hésite un instant, se lève, puis enfile une doudoune. Les anges de la cathédrale, elle veut les revoir.

Après avoir traversé le pont au Change, Charlotte se faufile au milieu d'une foule immense, rassemblée en cercle sur le parvis. Elle entend des percussions s'élever depuis le centre, où se trouve un groupe de danseurs hip-hop. Des baskets élimées, des chemises et des joggings s'agitent en mouvements dissociés. Le public, admiratif, frappe dans ses mains sur le rythme saccadé. Habituellement, Charlotte s'éloigne des spectacles de rue. Le trottoir est la scène des amateurs, ceux qui n'ont pas réussi à monter sur les planches. Mais là, elle est prise aux tripes. Elle a rarement vu une telle technique, une telle fluidité. La foule est aimantée par le groupe, comme attirée par un soleil vibrant. Charlotte croise le regard du danseur au crâne rasé. Il est vêtu d'un jogging gris clair et d'un tee-shirt blanc, et sa simple présence occupe tout l'espace. Il rayonne au milieu du groupe, vrille sur la tête, déboîte ses épaules, se cambre. Ses figures acrobatiques s'enchaînent comme des ondes. Un salto final déclenche l'ovation du public. L'homme salue l'audience avec la solennité d'un danseur étoile, puis il avance de quelques pas et prend la parole.

— Et maintenant, qui se joint à nous ?

Personne ne bouge, mais une vague d'applaudissements implore un rappel.

Charlotte ne quitte pas des yeux le danseur au crâne rasé. Elle ne se trompe pas, l'homme marche dans sa direction. Il pointe le doigt vers elle.

— Toi, tu viens avec moi. Mon nom est Aurélien.

Le sang monte au visage de Charlotte. Elle voudrait pénétrer sous terre.

— Non… Je ne le sens pas, merci.

— Comment ça, tu ne le sens pas ? Tu es danseuse, non ?

— Non… enfin si.

— Alors suis-moi… Montre-leur ce que tu sais faire. C'est quoi, ton prénom ?

— Je m'appelle Charlotte.

Elle enlève sa doudoune. Son cœur bat fort, très fort. Aurélien la prend par la main et la conduit au centre du cercle. La foule, enthousiaste, l'encourage. Soudain, le silence, puis à nouveau les percussions. Charlotte est tétanisée, ses pieds pèsent des tonnes, comme s'ils étaient cloués au sol. Elle n'arrive pas à bouger. Aurélien se balance doucement devant elle et la fixe d'un regard hypnotique couleur d'ambre. Charlotte sent alors une chaleur électrique monter le long de sa colonne vertébrale. Elle oscille de gauche à droite, lentement, puis de plus en plus vite. Le tempo répétitif des percussions résonne dans tout son corps. La musique prend possession d'elle et la sécurise d'une manière étrange. Un courant d'une grande liberté la traverse. Elle laisse tomber sa tête sur sa poitrine, ouvre les bras en croix, comme prête à prendre son envol. Elle tourne sur elle-même, se déhanche, propulse une jambe en avant, puis envoie l'autre en arrière, bombe le torse. Elle se sent vivante. Sa respiration semble inspirer chacun de ses gestes. Des picotements réveillent toutes ses cellules. Ses bras tendus repoussent l'infini au moment où la musique s'arrête. Elle termine son improvisation à genoux, le buste penché en arrière. Comme dans une prière au ciel. Aurélien l'attrape par la taille et la soulève au-dessus de sa tête, les bras tendus. Charlotte pousse un cri de surprise. Le visage renversé, elle entrevoit les anges de pierre de la cathédrale. Ils semblent voler derrière elle. Apothéose d'applaudissements. Aurélien la repose à terre. Il lui dit dans un souffle :

— Tu as été superbe.

De son poing, il frappe deux fois sa poitrine au niveau du cœur. Charlotte lui répond avec le même signe. Elle salue le public. Elle regarde le sol. Ses pieds sont juste sur la plaque du kilomètre zéro. Le point zéro des routes de France. Celui de tous les départs.

Une synchronicité est une cascade de coïncidences.

10

Assise dans le RER, Charlotte va voir sa mère. Un paysage gelé défile sur le reflet de son visage dans la vitre. Elle est seule dans la voiture de tête. Elle ouvre son ordinateur portable, met le casque audio. Elle a téléchargé une vidéo du professeur Pierre Loiseau, « Synchronicité & ligne du temps ». Sur la scène où il a été filmé, l'homme paraît mince, élancé. Sa barbe en pointe rend son visage encore plus maigre, et ses yeux pétillants lui donnent un air espiègle. Il parle rapidement, mange parfois ses mots, comme si son esprit allait plus vite que sa parole : « Une synchronicité est une cascade de coïncidences qui peut changer le cours de notre vie. Si on considère que le futur est une ligne causale déjà réalisée, on peut toutefois le changer en envoyant à l'univers des intentions, à condition qu'elles soient assez puissantes. Elles permettront de bifurquer sur une autre ligne temporelle. En quelque sorte, le futur peut modifier le présent. »

Charlotte frissonne, malgré la chaleur que diffuse le radiateur sous son siège. Les paroles de Pierre Loiseau la transportent, elles lui donnent la chair de poule. Un champ des possibles s'ouvre devant elle. La force de l'intention aurait-elle un réel pouvoir sur la matière ?

Fontainebleau ! Elle se précipite hors du train, le casque toujours sur les oreilles, l'ordinateur à la main. Sa mère l'attend au bout du quai. Alors que Charlotte s'apprête à l'embrasser, la première phrase fuse, déjà sur le ton du reproche :

— Tu pourrais au moins enlever ton casque pour me dire bonjour.

Elle est venue la chercher avec la vieille Espace qui lui sert à transporter les meubles à sa brocante de Milly-la-Forêt. La camionnette devant elle peine à sortir du parking. Son jeune conducteur doit s'y prendre à deux reprises.

— Il a eu son permis dans une pochette-surprise, celui-là ? C'est malheureux comme ils ne savent plus conduire, aujourd'hui.

Le chauffage est au maximum et les suspensions, plus très jeunes, ne parviennent plus à empêcher l'habitacle de vibrer. Le siège de Charlotte oscille dans son dos. Ça la berce, elle aurait presque envie de s'endormir, de s'échapper dans ses rêves.

Le portail vert de la maison est imposant, impeccable. De part et d'autre, les haies sont parfaitement taillées. L'ouverture automatique est silencieuse, les graviers de l'allée crissent sous les roues. Des bruits si familiers. Hubert, son beau-père, se tient sur le perron avec trois bûches dans les bras.

— Tu vas salir ton chandail. Il y a pourtant un panier pour le bois.

Il ne répond pas. Il embrasse Charlotte.

— Tu as réussi à régler le thermostat pour le poulet ?

Il ne répond pas. Il s'essuie les pieds.

Le repas ressemble aux repas que sa mère lui préparait quand elle était petite. Viande-légumes-féculents-fromage-fruits-deux tranches de pain-carafe d'eau.

Aujourd'hui, Charlotte a droit au café parce qu'elle n'est plus une enfant.

— Tu ne prends plus de sucre ? Tu as peur de grossir ?

Charlotte se contente de sourire en serrant les dents.

— Où en es-tu, alors, dans tes recherches de travail. On s'inquiète pour toi, nous, tu sais.

— Tout va à merveille. Je suis ravie, le nombre de mes élèves a doublé. Les gens adorent mes cours.

— Je ne parlais pas de ça. Tu as cherché un emploi fixe ?

— Non, arrête avec ça.

— Et cette chambre de bonne ? Elle te coûte combien ?

— Ne t'en fais pas, je ne te demanderai plus d'argent pour mon loyer.

— Tu as pensé à souscrire à la complémentaire de retraite dont je t'avais parlé ?

Charlotte se lève de table, jette la serviette en tissu sur l'assiette.

— J'étouffe, là.

— C'est toujours pareil, on ne peut rien lui dire. Tu es d'accord, Hubert ?

Il ne répond pas.

La machine à laver la vaisselle tourne. C'est Hubert qui doit raccompagner Charlotte à la gare. Sur le pas de la porte, sa mère lui donne un sac rempli de confitures maison.

— Et avec Tom, tu en es où ?

— C'est fini.

— Ça ne m'étonne pas, ce n'était pas quelqu'un pour toi. N'oublie pas ce que j'ai dit : il te faut un vrai travail. Écoute ta vieille mère.

Elle ne répond pas. Hubert démarre. Il ne dit rien.

Elle n'a pas envie de passer la soirée seule. Elle sonne au troisième, chez Jeanne. Lucie lui ouvre grand la porte.

— Maman, c'est Charlotte !

— C'est Charlotte, répète Chloé derrière sa grande sœur.

Dans la cuisine, Jeanne a les mains dans la pâte. Elle a prévu une quiche pour le dîner.

— Ah, Charlotte, tu tombes bien. J'allais justement monter te voir. J'ai une super nouvelle pour toi ! Tu ne vas pas en revenir !

— Une super nouvelle ? Tant mieux, j'en ai bien besoin. Ma mère est tellement négative…

— Je viens d'avoir Bernard. Figure-toi que la DRH de sa boîte recherche un coach en bien-être pour les salariés. Il lui a tout de suite parlé de toi. Elle attend ton appel demain.

— C'est un boulot à plein temps ?

— Non, et c'est ça qui est génial. Tu resteras indépendante. Bernard m'a dit que cela te prendrait environ trois jours par semaine. Ça te laissera du temps libre pour tes cours de danse.

— Mais qu'est-ce qu'ils entendent par « coach en bien-être » ? C'est vaste…

— Je ne sais pas, tu verras directement avec la DRH. Tiens, Bernard m'a donné son numéro de poste. Tu dois l'appeler demain à la première heure. Elle s'appelle Nicole Vermecker. Tu restes pour dîner, ma poule ? Je ne mets pas de lardons dans la quiche. Bernard ne rentre pas. Il est de nouveau coincé à Lyon pour le boulot.

Charlotte pose un pot de confiture sur la table.

— Tiens, j'ai rapporté ça de chez ma mère.

— Génial, Chloé adore la fraise ! Les filles ! Vous mettez la table ?

De retour dans sa chambre de bonne, Charlotte inscrit dans son agenda le nom et le numéro de la DRH. Coach en bien-être, trois jours par semaine, bien rémunérée ? Cela pourrait être un bon compromis entre son envie de donner des cours de danse et son besoin de gagner de l'argent. Allongée sur son canapé-lit, Charlotte lève la tête et regarde les photos des danseurs d'Asar, punaisées au mur. Quand on attend une chose, on ne sait jamais sous quelle forme elle arrivera.

Même si tout te semble opaque,
la lumière est toujours proche.

11

Au café du Parc, Charlotte fait désormais partie des habitués du matin. Accoudée au bar, elle vient d'appeler Nicole Vermecker. La DRH a préféré lui fixer un entretien dans une brasserie près de la porte de Versailles plutôt que dans ses bureaux, situés à Malakoff, de l'autre côté du périphérique. Elle a rendez-vous avec elle à 15 heures. Charlotte a regardé sur un plan. Elle pourra prendre le tram pour aller là-bas. Elle finit son café allongé.

— Alors, on n'écrit pas, ce matin ? lui demande le barman.

— Si, j'allais le faire…

Charlotte lui sourit. Elle prend son carnet d'intuition et rédige sa question : « Intuition chérie, est-ce que je vais devenir coach de bien-être dans cette entreprise ? »

Elle ferme les yeux, fait le vide en elle. Sa main bouge. Elle écrit : « Non. »

Non ? A-t-elle mal posé la question ? Pourtant, Nicole Vermecker s'est montrée avenante au téléphone. Elle semblait séduite par son parcours. Surtout par son expérience en entreprise. Charlotte se sent soudain dans le brouillard. Cette réponse de son intuition la plonge dans la confusion. Elle regarde sa montre. De toute façon, elle doit se présenter à ce rendez-vous, pas le temps pour se poser des questions. Elle doit repasser son chemisier blanc. Elle portera une jupe droite pour donner bonne impression. Elle ferait bien de prendre aussi son parapluie. Le temps est à l'orage.

Porte-de-Versailles est la prochaine station. Les portes du tram s'ouvrent dans un souffle mécanique. Charlotte aide une mère à sortir sa poussette. En descendant du tram, elle a un temps d'arrêt. Son visage s'éclaire. Elle n'en revient pas. Là, à deux mètres devant elle, la longue silhouette d'un homme élancé : le professeur Pierre Loiseau ! Elle le voit traverser le boulevard. Elle hésite quelques instants, puis décide de lui courir après. Le feu passe au vert. Elle ne recule pas, défie les voitures qui klaxonnent et, le souffle court, arrive à la hauteur de Pierre Loiseau. Elle lui agrippe le bras.

— Je suis fan de votre travail !

L'homme ne cache pas son étonnement.

— C'est bien la première fois qu'une si jolie jeune femme m'arrête dans la rue. Vous ne me confondez pas avec quelqu'un d'autre ?

— Non, c'est bien vous. Le temps, la synchronicité ! J'ai regardé toutes vos vidéos. Vos recherches me passionnent. J'aimerais beaucoup parler avec vous de votre travail. Vous accepteriez de prendre un café avec moi ?

— Je ne peux pas vous refuser ça. La brasserie d'en face vous convient-elle ?

Charlotte tourne la tête. La brasserie des Deux Ponts, l'endroit où elle doit retrouver la DRH.

— Ah, mince ! Je ne peux pas maintenant, j'ai déjà un rendez-vous. Mais demain, peut-être ? Ou bien quand vous voulez, je suis très libre.

— Alors plutôt la semaine prochaine. Voici ma carte, appelez-moi. Je peux connaître votre nom ?

— Charlotte. Charlotte Rivière.

— Alors à bientôt, Charlotte.

La carte de Pierre Loiseau à la main, Charlotte entre aux Deux Ponts. Elle regarde l'horloge au-dessus du bar. Elle a dix minutes de retard.

Charlotte n'est pas en avance pour son cours de danse… La nuit est déjà tombée. Il s'est mis à pleuvoir. Elle a oublié son parapluie à la brasserie des Deux Ponts. Son rendez-vous avec Nicole Vermecker n'a pas été brillant. La DRH ne semblait pas l'écouter. Elle cochait des cases les unes après les autres. Le regard en biais, elle évaluait sa tenue, scrutait son chemisier, sa jupe, ses ballerines. Charlotte avait l'impression d'être auscultée. Elle avait beau lui expliquer le concept de ses cours de danse, le bien-être par le mouvement, la manière dont elle envisageait de l'enseigner aux salariés, Nicole Vermecker paraissait s'ennuyer. À la fin de l'entretien, la DRH lui a promis une réponse rapide, mais Charlotte n'espère plus rien. Elle n'a même pas osé monter chez Jeanne pour lui raconter comment s'était passé le rendez-vous. Son amie ne viendra pas ce soir au cours de danse. Elle est à nouveau coincée avec les filles. Bernard dort encore à Lyon.

À la réception, la nouvelle responsable du centre ne lui dit même pas bonsoir.

— Vous êtes en retard ! Ne cherchez pas vos jeunes élèves. Ils n'étaient pas assez nombreux. Je vous avais dit un minimum de dix.

— Mais où sont-ils ?

— Je les ai envoyés au cours d'expression corporelle.

— Ils étaient combien ?

— Sept, mais je vous le répète : il faut un minimum de dix élèves. Au revoir, mademoiselle.

Assise à une des tables en Formica rouge de Chez Jeannette, Charlotte a la gorge serrée. Le serveur lui apporte un mojito. Le cocktail lui brûle la trachée. Ses yeux piquent. Elle se demande ce qu'elle va faire. Quel chemin pour s'en sortir ? Dans le brouillard de ses pensées, une phrase s'impose à elle : « Même si tout te semble opaque, la lumière est toujours proche. »

Charlotte se redresse. Cette fois, elle en est certaine. La voix dans sa tête est celle de son intuition.

Théa arrive devant sa table, rayonnante. Elle est accompagnée d'un homme. Charlotte reconnaît l'étranger du festival électro.

— Tu es déjà là, Cha ? Tu es arrivée super en avance ! Tiens, je te présente Nick. Il est américain. Il travaille dans le cinéma à Los Angeles.

Charlotte leur laisse la banquette sur laquelle elle était assise. En se levant, elle surprend son reflet dans le miroir qui lui fait face. La pluie a aplati sa chevelure, son maquillage a coulé, et pourtant il y a de la lumière dans ses yeux.

Questionnez vos croyances !

12

Salutation au soleil. Devant la vue sur le Sacré-Cœur, Charlotte termine son yoga. Ce matin, pour son jus, elle choisit un citron vert, une pomme, du céleri et de la menthe. Son téléphone sonne tandis qu'elle se concentre, les yeux fermés, sur le goût des ingrédients de sa boisson. Elle saisit le portable. C'est Stella. Elle répond.

— Je ne te dérange pas, j'espère ?

— Pas du tout, je viens de finir mon yoga.

— Je t'appelle juste pour te donner la date de *La Bayadère*. C'est vendredi en huit à 19 h 30. On se retrouve sur les marches de l'Opéra ?

— Parfait. Tiens, justement, tu ne devineras jamais à qui j'ai donné rendez-vous aujourd'hui au restaurant de l'Opéra.

— Dis-moi.

— Pierre Loiseau.

— Incroyable ! Tu as réussi à prendre contact avec lui sur internet ?

— Pas du tout ! Je l'ai rencontré dans la rue, par hasard.

— Je suis ravie pour toi. Je sens qu'il va te dire quelque chose d'essentiel. À mon avis, cela ressemble à une synchronicité. Cela bouge pour toi, on dirait.

— Oui. Depuis que tu m'as parlé de l'intuition, Stella, je commence à voir le monde autrement.

— Tu as mis un pied dans la magie de la vie, ma chérie. Et ce n'est qu'un début. L'intuition nous y conduit. Je dois te laisser. Ah, j'oubliais, pour *La Bayadère*, c'est une soirée de gala. Bonne journée, mon ange.

Charlotte raccroche, termine son jus du matin, puis elle ouvre le placard et cherche une tenue pour son rendez-vous avec Pierre Loiseau.

Une soirée de gala ? Mais je n'ai pas de robe longue. Il va falloir que je demande à Théa.

Le restaurant de l'Opéra est nettement plus fréquenté à l'heure du déjeuner qu'à celle du thé. Comme convenu, Pierre Loiseau et Charlotte se sont retrouvés à midi et demi. La serveuse les a installés près d'une grande fenêtre en arc de cercle. Concentrés sur leur conversation, ils ne remarquent pas le tumulte autour d'eux. De nature curieuse, Pierre Loiseau a beaucoup questionné Charlotte sur sa vie. En confiance, elle lui a parlé de son burn-out, de son changement d'orientation, de la découverte de son intuition, de sa difficulté à enseigner la danse.

— Et pourquoi n'êtes-vous pas danseuse ?

— Mais je suis danseuse.

— Je veux dire, pourquoi ne dansez-vous pas dans des spectacles ? Ce n'est pas votre désir ?

Charlotte reste silencieuse un instant. Elle regarde à travers l'immense vitre comme pour y trouver une réponse.

— Je ne sais pas comment m'y prendre pour entrer dans le circuit. Le milieu est inaccessible. La plupart des danseurs professionnels ont intégré une compagnie après être sortis de leur école, ce qui n'a pas été mon cas. J'ai arrêté mon école supérieure de danse à dix-huit ans pour faire du marketing.

— Du marketing ? Mais pourquoi ?

— J'ai compris que je n'étais pas assez douée pour la danse…

— Et vous avez pensé en revanche que vous l'étiez suffisamment pour devenir professeure de danse. Pourtant, vous me dites que vous avez des difficultés avec vos cours. Pas très étonnant…

— Comment ça ?

— Si je peux me permettre, Charlotte, je pense que vous n'êtes pas alignée avec votre désir profond, et donc pas claire avec l'intention que vous envoyez à l'univers. Au début du repas, je vous disais qu'il fallait d'abord repérer ses croyances limitantes, celles que l'inconscient a enregistrées comme étant des vérités.

— Mais qu'est-ce qu'une vérité ?

— Questionnez vos croyances ! Votre intuition vous dira si elles vous conviennent ou pas. Questionnez-les une par une. L'étape suivante consiste à projeter une nouvelle croyance qui, elle, sera alignée avec votre désir profond. Il faut alors faire le vide en soi pour se connecter au vide de l'univers, qui pourtant contient tout.

— Un peu comme si on faisait le ménage dans son esprit ? Pour laisser de l'espace à de nouvelles possibilités ?

— Absolument. Si l'intention est très claire, elle se réalisera, mais il faudra déjà ressentir toutes les émotions que procure cette future réalisation, la vivre d'abord dans son corps pour que celle-ci s'incarne ensuite réellement, dans la matière. Ce n'est qu'en atteignant cet état de clarté d'intention et en même temps de lâcher-prise que le cœur peut s'ouvrir pour changer la réalité. On appelle ça le pouvoir du cœur.

— C'est pour cela que, dans vos vidéos, vous affirmez que le futur peut influencer le présent…

— Tout à fait.

La serveuse leur apporte l'addition.

— C'est très gentil de m'avoir invitée, Pierre. Vous étiez déjà venu dans cet endroit ?

Pierre tend sa carte de crédit à la serveuse.

— Oui, et la dernière fois, c'était en compagnie d'Asar Asmar. Vous le connaissez, peut-être ?

— Bien sûr, j'adore son travail, mais je ne le connais pas personnellement.

— Un danseur extraordinaire. Comme vous, il s'est intéressé à mes travaux. J'ai la chance de le conseiller sur son nouveau spectacle, *Le Sens du hasard*. À propos, je sais qu'il recherche des danseurs. Peut-être pourrais-je lui demander de vous auditionner ?

Charlotte ressent soudain un courant électrique se propager dans tout son corps. Son cœur se dilate.

— Ce serait merveilleux.

— La vie est merveilleuse, Charlotte.

Après avoir quitté Pierre Loiseau, Charlotte se sent pousser des ailes. Ses pieds ne touchent plus le sol. Elle a l'impression de voler. Elle a envie d'appeler la terre entière pour annoncer la nouvelle. Elle va passer une audition avec le chorégraphe Asar Asmar !

« Même si tout te semble opaque, la lumière est toujours proche. »

Son intuition a raison. Tout se met en place. Les photos au-dessus du canapé-lit, Pierre Loiseau à la sortie du tram, le rendez-vous au restaurant de l'Opéra. La synchronicité transforme sa vie. Elle doit raconter tout cela à Stella. Elle sort le téléphone de son sac. L'écran signale un message vocal de Nicole Vermecker : « Charlotte, je voulais vous annoncer que vous êtes engagée chez nous pour le poste de coach en bien-être. Appelez-moi afin que je puisse vous donner un nouveau rendez-vous et vous faire signer le contrat dans les meilleurs délais. »

Les images du rêveur sont des projections de lui-même.

13

Charlotte n'a pas fait son rituel. Pas eu le temps non plus de prendre son café allongé en bas de chez elle. Elle se dépêche pour aller prendre son tram porte du Pré-Saint-Gervais. Ses talons glissent sur les pavés. Elle a remis sa jupe droite et son chemisier blanc, s'est lissé les cheveux. Le tramway lui passe sous le nez. Le prochain arrive dans dix minutes. Lui reste-t-il des tickets ? Porte de Versailles, trois fois par semaine… elle aura intérêt à reprendre une carte Navigo. Le tram est bondé. Elle trouve néanmoins une place assise tout au fond de la voiture. Elle se souvient vaguement du rêve qu'elle a fait cette nuit et sort son carnet. D'habitude, Charlotte note ses rêves au saut du lit. Théa lui a appris comment faire. Ce matin, le temps lui a manqué, mais elle a réussi à garder en tête les images de son rêve. Elle écrit : « Je suis dans ma chambre d'enfant, allongée sur mon lit, mais je ne peux pas bouger. J'ai mes chaussons de danse aux pieds. J'essaie de remuer mes jambes, mais rien n'y fait. J'essaie de crier. Aucun son. J'ai peur. Je veux appeler ma mère. Je sais que, tant que je n'aurai pas fini mes devoirs, elle ne viendra pas. »

Charlotte mordille son crayon. Qu'est-ce que son rêve veut lui dire ? Stella lui a expliqué que les rêves faisaient aussi partie du langage de l'intuition. Les images du rêveur sont des projections de lui-même. Se sent-elle coincée dans sa vie ? Sa mère représente-t-elle une partie d'elle-même qui l'oblige à être dans le devoir ? Mais quel devoir ? Celui de gagner sa vie ? Elle pense aux chaussons de danse qu'elle avait aux pieds dans le rêve.

Soudain, une vision de son enfance surgit dans sa tête. Elle a sept ans. Elle se revoit sur le perron de la maison de Fontainebleau. Elle a ses chaussons de danse à la main, elle porte des collants et un body rose sous son anorak. Elle guette la voiture de son père. Il doit l'accompagner à son cours de danse. C'est sa mère qui arrive avec la voiture. « Papa est parti de la maison. Il ne pourra plus t'amener à la danse. Et moi, aujourd'hui, je n'ai vraiment pas le temps. Je dois travailler pour qu'on s'en sorte. Alors, pour ta danse, on verra plus tard. »

Toute la scène a défilé en quelques instants dans sa mémoire. Charlotte se lève, elle se sent mal. Elle doit descendre du tram. Elle vomit. Pourtant, elle n'a rien avalé ce matin.

Porte de Versailles. Elle a repris ses esprits. Elle respire à fond. Quelque chose s'est cassé en elle, s'est libéré. Une sensation d'ampleur s'étend dans son corps. Sa vision semble beaucoup plus large. Elle traverse le pont au-dessus du périphérique. Elle aperçoit l'enseigne et le bâtiment de l'entreprise où elle doit signer son contrat pour le poste de coach en bien-être.

L'odeur des produits nettoyants la saisit à gorge. La même odeur que celle qui flottait tôt le matin dans le hall d'entrée de son ancienne boîte. Même machine à café à la réception. Elle donne son nom à l'hôtesse d'accueil. On lui demande de patienter dans un des fauteuils en similicuir blanc. Charlotte serre les jambes, regarde ses escarpins, tire sur sa jupe. Elle hésite, puis elle ouvre son sac. *Face, je pars ; pile, je reste.* Elle lance la pièce russe. La face de l'aigle à deux têtes retombe sur la paume de sa main. Un sourire lui vient malgré elle. Elle se lève et sort de l'immeuble sous l'œil étonné de la réceptionniste. Une fois dehors, elle se met à courir. Elle court vers l'inconnu.

Je vis mes intentions, mes envies pour le futur comme si elles s'étaient déjà réalisées.

14

Cela fait maintenant dix jours qu'elle a rencontré Pierre Loiseau. Toujours pas de nouvelles de l'audition avec Asar. Elle lui a laissé un message, qui est resté sans réponse. Assise à une table contre une des fenêtres du café du Parc, Charlotte finit son café allongé. Dehors, il pleut. Elle aperçoit Jeanne et les filles sous un grand parapluie marqué du logo de l'entreprise de Bernard. Elle les accompagne à l'école. Lucie et Chloé portent des K-Way fluos. Elles sautent dans les flaques d'eau. Charlotte n'a toujours pas prévenu Jeanne. Elle repousse le moment où elle lui dira qu'elle a refusé l'offre de Nicole Vermecker. Elle soupire. Pourquoi Pierre Loiseau ne l'a-t-il pas appelée ? Elle sort son carnet. Ouvre une nouvelle page, y inscrit après la date du jour : « Intuition chérie, est-ce que je dois contacter à nouveau Pierre Loiseau ? »

Elle ferme les yeux, se concentre. Sa main écrit : « Pratique la visualisation. »

Le message lui paraît clair. Elle se lève. Elle sait ce qui lui reste à faire.

Elle entend la pluie tomber sur le toit. Assise en tailleur sur le tapis de yoga, elle fixe la bougie allumée sur le sol et fait le vide en elle. Première étape : se fixer un objectif clair.

Passer l'audition avec Asar... Non, réussir l'audition avec Asar.

Elle se concentre, laisse venir les images. Soudain, elle voit ses pieds. Ils sont nus. Elle se voit danser pieds nus devant d'autres danseurs. Ses bras sont attachés au cou d'un homme. Ses pieds quittent le sol, son corps se balance sur les mouvements de son partenaire. Elle ressent une joie intense au niveau du cœur, un phénomène qu'elle n'a jamais connu auparavant. Comme si un grand calme et une excitation fusionnaient à l'intérieur d'elle-même, avec la sensation d'être connectée à l'infini. Sa visualisation s'arrête net. L'incroyable sensation aussi. Presque trop forte à supporter. On frappe à la porte. Charlotte met un certain temps à revenir dans la réalité. Elle se lève, les jambes engourdies, pour aller ouvrir. Jeanne est sur le palier.

— Mais tu en as mis un temps ! Pourtant, ce n'est pas grand ici. Je te dérange ?

Charlotte a un moment de flottement.

— Non, pas du tout, entre. Justement, j'allais descendre te voir.

Jeanne pénètre dans la pièce, voit la bougie allumée devant le tapis de yoga.

— Ah, tu faisais ton yoga.

— Non, une visualisation…

— C'est quoi encore, ce truc ?

— Je vis mes intentions, mes envies pour le futur comme si elles s'étaient déjà réalisées.

— Et quand elles se produisent dans le présent, tu leur dis non ?

— Qu'est-ce que tu veux dire ?

— Tu le sais très bien. Pourquoi n'as-tu pas accepté le poste de coach en bien-être ? Pourquoi ne m'as-tu rien dit ?

— J'allais le faire. Je suis très reconnaissante envers Bernard de m'avoir mise sur ce coup, mais…

— Mais quoi ? Tu fais tout pour te saboter ? Sans parler du tort que tu as fait à Bernard. En fait, tu te moques de gagner de l'argent, maintenant qu'on te loge gratuitement.

— Ça n'a pas été possible. C'était comme un retour en arrière, pour moi…

— Un retour en arrière ? Tu veux être coach, oui ou non ?

— Non, j'ai changé d'avis. Cette proposition m'a permis de savoir ce que je voulais exactement.

— Je crois que Bernard a raison, tu fuis la réalité, Charlotte. Tu ne veux pas voir le monde tel qu'il est.

— Je veux surtout aller vers ce qui me correspond réellement.

— Je ne te suis plus. Je crois qu'on va arrêter là… Je ne suis pas montée ici pour connaître tes états d'âme, j'aurais simplement aimé savoir si tu pouvais garder les filles ce soir.

— Ce soir ? Mais Stella m'a invitée à l'Opéra, c'est prévu depuis longtemps.

— Je vois qu'on ne peut vraiment pas compter sur toi. C'était plus simple quand on avait la fille au pair dans cette chambre. Eh bien, bonne soirée !

Charlotte n'a pas le temps de la retenir. Jeanne a déjà claqué la porte. Elle entend ses pas dans l'escalier.

Savoir se faire confiance
pour faire confiance.

15

Devant le miroir en pied de la chambre de Théa, Charlotte regarde l'image de sa silhouette dans la robe tube que son amie lui fait essayer.

— Alors, Cha, qu'est-ce que tu dis de celle-là ? Tu ne la trouves pas sublime ? C'est celle que j'ai portée à Cannes pour le festival.

— Elle est vachement moulante ! J'ai l'air grosse là-dedans. Je crois que je préfère la dorée avec les volants. On voyait moins mes formes.

— Mais assume-les, tes formes ! Tu as un corps de femme magnifique.

— À cause de mes formes, je n'ai pas pu entrer à l'école de danse de l'Opéra quand j'étais petite, souviens-toi.

— Parce que tu n'étais pas faite pour cette vie de discipline, ce qui ne veut pas dire que tu n'es pas une danseuse. C'est bien que tu passes cette audition avec Asar…

— Il ne m'a toujours pas appelée…

— Quand tu accepteras ton corps tel qu'il est, tout le monde t'appellera.

Charlotte regarde Théa, déconcertée.

— Cha, depuis que je te connais, tu as toujours voulu avoir le corps d'une autre. Tu voulais te changer. Moi, je te trouve très belle. Cette robe te va parfaitement, même mieux qu'à moi.

Charlotte détaille alors les courbes de son corps sans se fuir. Elle observe ses boucles blondes qui caressent ses épaules nues, sa poitrine saillante, sa taille fine qui s'évase en douceur sur son bassin. Elle ose se voir, se voir vraiment.

— Tu as raison, elle me va bien. Tu me la prêtes pour ce soir, alors ?

— Je te la donne, même. Nick m'en offrira plein d'autres à Los Angeles.

— C'est sérieux avec lui ?

— Je ne sais pas, mais c'est la première fois que j'ai envie de suivre un homme. Et ce n'est pas parce qu'il est producteur.

— Tes visions de toi à Hollywood, c'était peut-être ça ?

— C'est ce que je me suis dit. Cela me fait bizarre de tout lâcher ici. Quand je serai partie, tu pourras venir habiter ici, si c'est tendu avec Jeanne.

— Merci, Théa. Et toi, tu vas pouvoir jouer là-bas ?

— Nick doit me présenter un agent. C'est quand même le grand saut dans l'inconnu.

— Comme le saut de l'ange en danse. Lorsqu'on se lance dans les bras de son partenaire, il faut savoir se faire confiance pour faire confiance.

Dans la robe tube, assise au troisième rang de l'orchestre avec Stella, Charlotte ressent chaque mouvement de *La Bayadère*. Drapée d'un voile rouge, la mystérieuse gardienne du feu sacré s'élance sur scène. Le buste mobile et les bras ondulants, elle semble voler au milieu du chœur des esclaves indiens. La cambrure sensuelle, le port de tête altier, elle pirouette sur elle-même, enroulée dans son sari brodé étincelant. Tout semble visuellement parfait, mais Charlotte n'arrive pas à se sentir complètement à l'aise. Est-ce la grande maîtrise de la danseuse ? Elle n'aime pas les variations, trop minutieusement réglées. Quelque chose ne passe pas. Il y a comme une retenue dans sa poitrine.

Le rideau tombe sur le premier acte. Charlotte profite de l'entracte pour inviter Stella à boire une coupe de champagne. Au bar, elle se faufile entre les robes longues et les smokings. La robe de Théa ne passe pas inaperçue. Le barman, quoique débordé, ne la fait pas attendre pour lui demander ce qu'elle désire. Elle rejoint Stella et lui tend son verre. La musicienne ne dit rien. Elle semble pensive.

— Tu n'aimes pas le ballet, Stella ?

— Bien sûr que si, ma chérie, c'est magnifique, parfaitement interprété. Si je semble ailleurs, c'est que je n'arrive pas à prendre une décision.

— Laquelle ?

— Figure-toi que je dois donner une réponse à mon agent, qui m'a proposé une série de concerts ce printemps sur un bateau de croisière…

— Et tu ne veux pas y aller ?

— Si, c'est très tentant, mais je n'arrive pas à me voir jouer sur ce bateau. Comme si j'allais avoir un empêchement.

Le visage de Charlotte se fige. Son cœur s'emporte soudain. Là, par-dessus l'épaule de Stella, apparaît dans son champ de vision un homme au teint mat, les cheveux noirs attachés en catogan. C'est Asar Asmar. Charlotte ne se trompe pas, elle le voit tous les jours au-dessus de son lit. Il est accompagné d'un beau jeune homme blond. Que doit-elle faire ? Elle stresse. La sonnerie avertit déjà les spectateurs de la reprise du spectacle. C'est maintenant ou jamais. Elle n'écoute plus ce que lui dit Stella. Asar a déjà tourné les talons. Elle le voit de dos qui s'engage dans le grand escalier de l'Opéra. Marchant aussi vite que le lui permet sa robe tube, Charlotte lui emboîte le pas, le dépasse et l'arrête, tremblante.

— Pierre Loiseau vous a-t-il parlé de moi ?

— Pardon ? Bonsoir, mademoiselle. Je peux savoir qui vous êtes ?

Charlotte balbutie.

— Euh… Oui, bien sûr, excusez-moi ! Je m'appelle Charlotte Rivière. C'est pour l'audition.

— Rivière… Ah oui, j'ai vu passer un e-mail de Pierre avec votre nom.

Asar se tourne vers le jeune homme blond.

— Tristan, mon assistant, vous enverra un message avec les informations pratiques. Bonne fin de soirée, mademoiselle.

Stella rejoint Charlotte en haut des marches.

— Qui était-ce ? Tu as l'air tout émue.

— Asar Asmar, le chorégraphe égyptien.

— Très bel homme. Voici la raison pour laquelle je t'ai amenée à ce ballet, alors ? Asar… Il porte bien son nom.

Les deux femmes regagnent leurs sièges. Charlotte n'en revient pas. Elle a osé parler à Asar. Elle a eu l'audace de le faire. Elle est fière d'elle. Sur scène, la danse de *La Bayadère* lui semble plus légère. Charlotte a l'impression d'entrer en résonance avec le corps de la ballerine. Elle est en syntonie avec elle, comme si elles ne faisaient plus qu'une. Et quand la danseuse se lance dans les bras de son partenaire, Charlotte se voit elle-même accomplir le saut de l'ange.

Tout ce que nous vivons à l'extérieur
est le reflet de notre intérieur.

16

Cela fait plus d'une semaine qu'elle n'a pas vu Jeanne. Toujours pas de nouvelles de l'audition. Elle n'a presque plus d'argent sur son compte. Bientôt, elle ne pourra plus payer son café allongé. Pourtant, Charlotte ne regrette pas sa décision. Elle a bien fait de ne pas accepter le poste de coach en bien-être. Son intuition l'a guidée. Elle en est certaine.

— Et voilà ton allongé.

Charlotte sourit à Marc, le barman du café du Parc.

— Alors, tu as des projets pour Noël, Charlotte ?

— Je vais chez mon père. Il habite à Chambéry.

Oui, elle ira chez son père, comme chaque année. Mais à son retour ? Difficile de rester dans la chambre de bonne après ce que lui a dit Jeanne. Charlotte lui en veut de n'avoir rien compris à son évolution. Elle termine son café et sort son carnet : « Intuition chérie, comment vais-je m'en sortir ? »

Aucune réponse ne lui vient. Trop de confusion dans sa tête. Elle ouvre les yeux, soupire, s'accoude au bar, le regard dans le vide. Un livre posé sur le zinc attire son attention. Une étiquette est collée sur la couverture avec l'inscription : « Lisez-moi. »

Elle fronce les sourcils, lit le titre du livre : *L'Art du pardon avec Ho'oponopono*.

— C'est à qui, ce livre, Marc ?

— C'est du *book crossing*. Ils font ça dans les cafés en Californie. J'y suis allé cet été. Tu prends le livre et, une fois que tu l'as lu, tu le déposes dans un autre café ou un lieu public pour qu'il trouve un futur lecteur. J'adore ce concept.

Charlotte sourit et met le livre dans son sac. Son intuition lui a répondu.

Allongée sous la photo d'Asar et de ses danseurs, Charlotte est plongée dans la lecture du livre : « Tout ce que nous vivons à l'extérieur de nous est le reflet de notre intérieur. Ainsi, des personnes ou des situations négatives nous montrent les pensées négatives en nous. Celles-ci proviennent souvent de nos expériences passées, stockées dans notre subconscient. Ces mémoires génèrent des fausses croyances et des peurs qui nous envoient une vision déformée de la réalité dans laquelle nous nous sentons victimes. Nous accusons l'autre au lieu d'assumer la responsabilité de tout ce qui nous arrive, nous restons enfermés dans notre plainte et notre vie se bloque. »

Charlotte, songeuse, ferme l'ouvrage un instant. Quelle est sa part de responsabilité dans ce différend avec Jeanne ? Elle avait accepté d'aller à cet entretien. N'avait-elle pas une fois de plus suivi les croyances de sa mère ? Le job stable, bien rémunéré ? La réaction de Jeanne n'a donc pas été étonnante devant son changement de décision brutal. Elle se rend compte qu'elle n'a pas écouté immédiatement son intuition. Elle doit se faire davantage confiance. Elle reprend sa lecture : « Les événements difficiles de notre vie permettent de nettoyer nos mémoires négatives. Pour cela, il suffit de répéter intérieurement ce mantra : “Désolé. Pardon. Merci. Je t’aime.” Cela revient à dire : “Désolé d’avoir créé cette situation. Pardon de ces pensées erronées. Merci, car grâce à toi j’en prends conscience. Je t’aime, car c’est par l’énergie d’amour que je vais pouvoir les libérer.” »

Charlotte referme le livre. Elle se lève et se recoiffe devant le miroir. Elle se regarde bien droit dans les yeux. Quelque chose s’est apaisé en elle. Elle n’en veut plus à Jeanne, et décide d’aller lui parler.

Assise à la table de la cuisine devant Charlotte, Jeanne est au bord des larmes.

— Tu n’as pas idée à quel point ce que tu viens de me dire me touche. Bien sûr que tout le monde a des torts dans cette histoire. De mon côté, tu sais, je me rends compte que j’ai du mal à m’affirmer face à Bernard. Je n’ai pas osé prendre ta défense auprès de lui. Tu as le droit de changer d’avis. Après ce que tu viens de m’expliquer, je te comprends mieux. Et pour la chambre, tu n’es pas obligée de déménager si vite, même si Théa t’a proposé son appart.

— Je crois que la semaine chez mon père va me permettre d’y voir plus clair.

La sonnerie du téléphone de Charlotte les fait sursauter. Un numéro masqué s’affiche sur l’écran. Charlotte prend l’appareil d’une main fébrile.

— Ça doit être l’assistant d’Asar, je dois absolument répondre ! Je te laisse, je remonte chez moi.

Une fois sortie de chez Jeanne, Charlotte répond à l’appel.

— Salut Charlotte !

Elle ne reconnaît pas la voix.

— Qui est-ce ?

— C'est Dominique, l'ami de Tom.

Silence.

— Ah ! ? Salut…

— Écoute, j'ai un projet à te proposer. C'est pour un clip que je réalise. J'ai besoin d'une danseuse. J'ai pensé à toi.

— À moi ? Mais tu ne m'as jamais vue danser.

— Non, mais je le sens bien. Tom m'a dit que tu étais super douée.

— Un clip ? Pour qui ?

— Gabriel. Tu sais, le chanteur qu'on voit partout. En plus, tu seras bien payée. La production met les moyens.

— Et c'est quand ?

— Après-demain. Je sais, c'est serré, mais Gabriel a très peu de disponibilités.

— Il y a une chorégraphie ?

— Non, tu feras de l'improvisation. Tom m'a dit que c'était ta spécialité. C'est OK pour toi ? Il me faut une réponse rapide.

Charlotte n'a pas besoin de lancer la pièce russe.

— Tu peux compter sur moi. Où a lieu le tournage ?

— L'assistante de production va t'appeler pour toutes les informations. On tournera devant le Sacré-Cœur.

Le soir est tombé. La pleine lune éclaire la chambre de bonne. Charlotte n'arrive pas à dormir. Pour la première fois de sa vie, elle va être payée pour danser.

Elle se tourne dans son lit et pense à ce que lui a dit Théa : « Quand tu accepteras ton corps tel qu'il est, tout le monde t'appellera. » À travers la fenêtre, elle aperçoit le dôme du Sacré-Cœur, elle tend la main vers lui. Cette fois, elle l'a touché du doigt.

De métamorphose en métamorphose.

17

La directrice de production du clip a convoqué Charlotte à 6 h 30 du matin au pied du Sacré-Cœur. Il fait encore nuit, et les lumières de la ville brillent dans le noir. L'équipe de tournage a installé une estrade sur laquelle Charlotte devra danser. Dans le camion de la régie, elle a revêtu une combinaison en latex de couleur verte. La coiffeuse-maquilleuse lui relève les cheveux en chignon, puis lui applique un fond de teint sur le cou, le visage et les mains. Dominique entre avec un gobelet de café chaud.

— C'était bien un café allongé que tu m'as demandé ?

Charlotte le remercie et souffle sur la boisson brûlante.

— On va commencer par toi. Je filmerai Gabriel dans un deuxième temps. Au montage et en post-production, j'incrusterai ses images sur ta combinaison, comme s'il chantait dans ta peau. La seule chose que je te demanderai pour ton improvisation, c'est d'ouvrir souvent les bras, comme si c'était des ailes.

— L'intention de ma danse sera la métamorphose, on est d'accord ?

— Oui, quand les images de Gabriel se projetteront sur toi, tu deviendras un oiseau ou une sorte d'ange. On commence dès que tu es prête.

— J'ai encore besoin de dix minutes de concentration.

Son improvisation, Charlotte la prépare depuis deux jours dans sa tête. Elle s'écarte du camion de la régie et se tient droite face au jour qui se lève. Elle prend de longues inspirations et fait le vide pour visualiser la trame de sa chorégraphie. Elle imagine les formes et les symboles qui matérialiseront sa danse, voit son corps recroquevillé comme une boule de chair, puis qui se déroule tandis que ses bras se déploient. Ils deviennent des ailes. Elle s'imagine alors dans le corps d'un aigle. Elle traverse un nuage. Elle se fond dedans, s'y dissout. Elle devient de la vapeur d'eau, et enfin de la pluie qui tombe dans le courant d'une rivière. Sa visualisation terminée, elle commence ses échauffements rituels.

Elle se sent prête, maintenant. Elle se dirige vers l'estrade à l'instant même où un premier rayon de soleil pointe à l'horizon et éclaire le dôme de la basilique. Son cœur frappe fort, mais elle est sereine.

Derrière son chef opérateur, Dominique parle à l'aide d'un mégaphone.

— Moteur.

— Ça tourne, répond le cameraman.

— Musique. Quand tu veux, Charlotte.

Ses mouvements s'enchaînent avec une fluidité déconcertante. Elle passe de métamorphose en métamorphose. Elle danse et s'imagine voler comme un aigle. Elle vole. Elle se voit voler au-dessus de son corps, toujours en mouvement sur l'estrade. Elle ne s'étonne même pas de voir apparaître le visage de Tom, qui lui sourit. Elle reconnaît ses yeux bleus. Elle se retrouve à nouveau sur la colline « magique », celle de sa méditation. Elle danse. Elle danse sur son sommet.

La mémoire du corps est infinie.

18

Sept millions de vues sur YouTube ! Le succès du clip de Gabriel est phénoménal. Charlotte n'en croit pas ses yeux. Elle n'en revient pas non plus de voir son nom figurer au générique de la vidéo. Depuis qu'elle est montée dans le train en direction de Chambéry, elle n'a pas arrêté de visionner le clip sur sa tablette. Parfois, elle se demande si c'est vraiment elle qui danse. Gabriel lui a envoyé un message de remerciements, dans lequel il lui assure qu'elle a largement contribué au succès du clip. Sept millions de vues ! Sa page internet est saturée de messages de félicitations. Théa l'a même appelée des États-Unis. Charlotte a hâte de montrer le clip à son père. Elle regarde par la fenêtre, le paysage qui défile est devenu montagneux et enneigé. Le ciel est couvert d'une brume épaisse, mais Charlotte se sent légère. Elle aurait presque envie d'appeler Tom pour le remercier d'avoir parlé d'elle à Dominique, mais il doit être en vacances avec sa femme. Depuis sa découverte du livre sur l'*Ho'oponopono*, sa rancœur envers lui s'est atténuée. Elle aussi, elle a sa part de responsabilité. C'est elle qui avait fui la première. Elle ne ressent plus de tristesse. Maintenant qu'elle n'est plus avec lui, les portes semblent s'ouvrir devant elle.

Le train arrive à la gare de Chambéry. En récupérant sa valise à l'entrée de la voiture, Charlotte se fait interpeller par un adolescent à capuche.

— Eh, mademoiselle, c'est toi qui danses dans le clip de Gabriel ?

Elle sourit au garçon et lui répond par l'affirmative.

— Elle déchire, ta choré !

Charlotte aperçoit son père devant la gare. Il aide un couple de jeunes Parisiens à fixer des skis sur le toit de leur voiture de location. Elle tape sur l'épaule de son père.

— Salut, papa.

— Oh, trésor, je ne t'avais pas vue. Attends, je finis juste un truc et je m'occupe de toi. La voiture est garée là-bas, c'est la Kangoo toute neuve.

Sourire aux lèvres, Charlotte se dirige vers le véhicule, qu'elle trouve ouvert. Elle dépose son bagage sur la banquette arrière. Les clés sont sur le contact. Elle allume la radio. Elle connaît cette musique. Elle a dansé dessus. *Métamorphoses*, de Gabriel. Elle chante avec lui à gorge déployée en attendant son père.

Elle a dormi à merveille. Elle a retrouvé le silence de la montagne, qui la calme. Sous l'édredon à grands carreaux, elle se sent en sécurité. De son lit, elle voit la neige qui tombe. L'odeur des murs en bois se mélange à celle du pain grillé qui s'est répandu jusque dans sa chambre. Charlotte s'étire, observe les sensations de son corps, puis se lève. Elle enfile un gilet et d'épaisses chaussettes de laine.

Dans la salle à manger, Ingrid, la compagne de son père, a allumé des bougies et préparé la table du petit déjeuner. Il y a des fruits, du müesli, des œufs à la coque, quelques tranches de fromage. Ingrid est norvégienne. Habituée aux grands froids, elle aime que sa maison soit chaleureuse.

— Charlotte ! Tu as bien dormi ? Tu ne manges pas de viande, toi, au fait ? J'ai préparé une tourte aux légumes pour midi. Cela fera du bien à ton père, il a beau être prof de gym, il faut qu'il surveille sa ligne. Tu ne trouves pas qu'il a un peu grossi ?

— Je n'ai pas remarqué. D'ailleurs, où est-il ?

— Chez les voisins. Il les aide à déblayer leur allée. Tu as vu tout ce qui est tombé cette nuit.

— Oui, et ça continue.

— Mais ils annoncent du beau temps cet après-midi. On va pouvoir aller skier. Tu veux du lait avec ton café ?

— Non, merci, je ne prends jamais de lait.

— Dis donc, ton père m'a montré le clip. Qu'est-ce que tu es belle !

Charlotte se régale avec le petit déjeuner d'Ingrid. Elle fera son yoga et ses rituels plus tard.

Un beau soleil les attend à leur arrivée à Flumet-Saint-Nicolas, la station où Charlotte a appris à skier. Ingrid les laisse au pied des remontées mécaniques. Elle préfère le ski de fond, aussi s'en va-t-elle de son côté.

Comme dans son enfance, Charlotte prend le tire-fesses, suivie par son père. En cas de chute, il pouvait toujours la ramasser et la caler entre ses jambes pour monter la pente. Charlotte se rappelle comment elle serrait les dents et s'agrippait à la barre de fer en appelant son ange gardien pour ne pas lâcher. Elle se devait de rester sur ses skis pour ne pas décevoir son père. Ce souvenir lui revient en mémoire tandis qu'elle arrive au sommet de la piste. Le paysage autour d'elle lui fait penser à la colline « magique ». Pourtant, il n'y a pas de lac aux alentours, ce n'est pas comme dans sa méditation. Cela fait deux ans qu'elle n'a pas skié, mais les sensations lui reviennent vite : la mémoire du corps est infinie. La piste est verglacée par endroits. Charlotte plante son bâton, plie les jambes. Elle ne se débrouille pas si mal. Son père se tient derrière elle. Lorsqu'elle était petite, c'était elle qui le suivait. Elle se rappelle ses encouragements : « Fais de ton mieux, trésor. L'important, c'est de toujours faire de son mieux, même si on tombe. » Elle faisait de son mieux. Elle avait toujours fait de son mieux dans tous les domaines. Mais son père l'avait-il vraiment félicitée au moins une fois ? Elle avait toujours ressenti une réserve de sa part, comme si elle devait encore faire de son mieux.

Il est presque 17 heures, les pistes ferment. Ils retrouvent Ingrid à la voiture. Charlotte propose de conduire. Son père s'étonne, mais lui tend les clés. Sur la route en lacet, il ne peut s'empêcher de lui faire quelques réflexions.

— Fais attention à ce virage, trésor, il est un peu traître. Pour bien tenir la route, décélère juste avant de tourner et accélère une fois que tu es dans le virage.

— Mais laisse-la faire, elle conduit très bien, proteste Ingrid depuis la banquette arrière.

— Dis donc, papa. Tu ne m'as rien dit au sujet de mon clip.

— Tu es très belle, Charlotte, répond Ingrid.

— Il est top, ton clip ! Ça va te permettre d'aller encore plus loin…

— Plus loin ? Jusqu'où ?

— On peut toujours faire mieux, trésor.

— La vie n'est pas une compétition, papa. Ma question était : comment as-tu trouvé que je dansais ?

— Mais tu es une danseuse, Charlotte ! Tu dansais avant de marcher.

Une légère tristesse envahit Charlotte, puis elle pense aux sept millions de vues sur YouTube. Elle peut être fière de sa danse.

Ingrid a orné le sapin avec des décorations de son pays. Elle a allumé des photophores dorés, disposé sur la table des étoiles en papier blanc et des pommes de pin. Charlotte a accepté de goûter un morceau de dinde pour accompagner la purée de marrons et la confiture d'airelles. Malgré les protestations de son père, Ingrid a décidé qu'ils iraient tous assister à la messe de minuit.

Charlotte éprouve un sentiment de joie dans l'église. Les lumières de la crèche, les personnages et les animaux en papier mâché qui attendent la naissance de minuit l'émerveillent comme une enfant. Tout parle à Charlotte. L'extérieur reflète l'intérieur. Elle sent une renaissance en elle. À la sortie de la messe, les cloches sonnent. Elles vibrent dans tout son corps… et son téléphone aussi, dans sa poche. Un message de Tom : « Je t'ai adorée dans le clip. Tu me manques. »

L'amour est toujours libre.

19

Le 3 janvier, au comptoir de l'agence Tolbiac, un conseiller bancaire tamponne le dépôt de chèque de Charlotte.

— Cette somme va largement couvrir votre découvert, mademoiselle Rivière. Dommage que vous ne touchiez pas de droits sur la diffusion du clip, cela vous aurait fait une sacrée somme. Vous allez en tourner un autre ?

— Je passe une audition dans quelques jours, mais c'est pour un spectacle.

— D'un autre chanteur ?

— Non, pour Asar Asmar, le chorégraphe.

— Jamais entendu parler de lui. Ça sera bien payé aussi ? Il faudra songer à placer un peu de votre argent.

— Vous avez bien noté ma nouvelle adresse, chez Théa Lizi ?

— Oui, tout est en règle. Je vous souhaite une bonne journée, mademoiselle Rivière.

Une fois sortie de la banque. Charlotte décide d'aller rue de Rivoli. Elle doit acheter un top pour son audition. Dans la cabine d'essayage, elle hésite entre trois modèles. Impossible de se décider. Elle sort la pièce russe, la lance trois fois. Deux oui et un non. Son choix est fait. Après être passée à la caisse, elle se rend dans une parfumerie pour acheter un cadeau à Stella. La musicienne l'a invitée à déjeuner chez elle.

— Bonne année, ma chérie. Je suis contente de te voir. Comment s'est passé ton séjour à la montagne ?

Stella aide Charlotte à se débarrasser de son manteau.

— Très bien. Ça n'arrête pas de bouger dans ma vie. C'est incroyable : plus je m'ouvre à l'extérieur, plus il me parle.

— Quand on suit son intuition, on va vers son authenticité et tout se met en place.

Charlotte lui tend le flacon de parfum qu'elle a acheté.

— Ton eau de toilette favorite. C'est pour te remercier pour tout ce que tu m'as appris.

— Je ne t'ai rien appris du tout, c'est toi qui savais déjà, mais merci mon ange ! Ça tombe bien, je n'en avais presque plus. Je le prendrai pour ma croisière. On passe à table ?

— Finalement, tu t'es décidée à participer à cette croisière musicale ?

— Oui, j'ai signé, mais je n'y suis pas encore. On verra ce que l'avenir me réserve.

Stella sert l'entrée à Charlotte.

— À propos d'avenir, j'ai reçu hier ma convocation pour l'audition avec Asar. Depuis le clip de Gabriel, une grande confiance s'est installée en moi. J'ai compris beaucoup de choses en lien avec mes parents. Je n'attends plus leur reconnaissance. Du coup, je me sens plus libre et plus sereine pour l'audition.

— Chacun voit le monde à travers son propre prisme, et ce qui convient à l'un ne convient pas spécialement à l'autre. Plus on considère la vérité de chacun, plus on respecte la sienne.

— Oui, j'ai compris ça, Stella, notamment avec Jeanne. Son mode de vie lui convient, même si ce n'est pas celui que j'ai envie d'avoir. Et c'est pareil pour Tom ; je ne lui en veux plus d'être retourné avec sa femme. Il m'a envoyé un texto à Noël, mais j'ai préféré ne pas répondre. Je veux m'ouvrir à quelqu'un d'autre, quelqu'un qui soit libre.

— L'amour est toujours libre, ma chérie. Rappelle-toi ce que je t'ai dit sur ce qui nous pousse à agir : c'est l'amour ou la peur !

Charlotte, pensive, regarde Stella.

— Je pense que l'amour me pousse vers l'inconnu.

— Ou vers un inconnu… L'intuition nous pousse toujours vers le nouveau pour nous sortir de nos habitudes aliénantes. Tu prendras du dessert ? J'ai acheté une galette des rois.

Quand tu veux savoir ce que tu dois faire, ouvre un livre au hasard.

20

Charlotte est arrivée avec une heure d'avance. Elle a repéré l'endroit où doit se dérouler l'audition. Elle s'y est déjà entraînée plusieurs fois. Elle décide d'attendre dans un café en face du métro Saint-Paul. Elle s'isole au fond de la salle pour se concentrer.

La dernière audition de danse qu'elle avait passée remontait à ses dix-huit ans. Elle s'en souvient, c'était juste après les résultats de son baccalauréat, avant les grandes vacances. C'était pour intégrer une compagnie de danse contemporaine à Caen. Elle avait trouvé un petit hôtel juste à côté du centre de danse. Le matin de l'audition, il faisait un soleil de plomb, l'air était lourd. Dans le bâtiment, toutes les filles étaient en sueur. Charlotte avait retrouvé quelques amies de sa classe du conservatoire de Paris. Dans les vestiaires sombres, elle scrutait le corps des autres danseuses. Certaines avaient un physique parfait. Pas comme elle. Ses rondeurs l'avaient empêchée d'entrer à l'école de l'Opéra. Si elle avait choisi de passer cette audition, c'était avec l'espoir de retenir l'attention des juges grâce son originalité.

Pour passer la première épreuve, elle était entrée dans la salle au milieu d'un groupe de neuf filles. Le parquet était particulièrement dur. À la grande surprise de Charlotte, le jury avait demandé d'exécuter des exercices de danse classique. Elle n'avait pas eu le temps d'exprimer son originalité avec sa diagonale de pirouettes.

Le verdict ne l'étonna pas. Elle n'avait même pas été retenue pour l'épreuve de danse libre de l'après-midi. Elle avait filé aussitôt à la gare et changé ses billets de train pour rentrer au plus vite à Fontainebleau, chez sa mère.

Charlotte regarde la pendule murale du café. Il est temps d'y aller.

En entrant dans le centre, Charlotte s'étonne du calme qu'elle ressent. Tristan, l'assistant d'Asar, accueille les danseurs les uns après les autres et leur désigne la salle où ils doivent s'échauffer. Asar n'est pas encore présent. Charlotte fait ses exercices pieds nus. Comme d'habitude, elle s'allonge sur le sol, roule d'un côté, puis de l'autre, en étirant les bras et les jambes. Elle ne peut s'empêcher de regarder sa voisine et de se comparer à elle. Une belle flexibilité et des muscles bien dessinés. Charlotte se rend compte qu'elle ne se concentre plus sur son corps, et elle revient à ses mouvements. Soudain, Asar apparaît dans la salle. En débardeur et en pantalon de jogging, il est encore plus beau que dans son smoking, le soir de *La Bayadère*. Son corps est sculpté comme dans de l'or, ses mouvements ont la grâce des grands danseurs de ce monde.

Devant le groupe, Asar retrace rapidement son parcours et explique ce que signifie vraiment la danse pour lui.

— Je pense que vous êtes tous très forts en technique, mais pour moi la danse est avant tout un langage d'émotion. Aujourd'hui, je vais chercher ceux qui sont capables de tout oublier pour se connecter à leur essence.

La fille avec laquelle Charlotte s'est comparée prend la parole. Elle est rousse, porte un large tee-shirt et un short. Elle semble sûre d'elle.

— Qu'est-ce que tu entends par essence, Asar ?

Tandis qu'Asar répond, Charlotte sourit intérieurement. Elle a une longueur d'avance. Elle comprend parfaitement ce qu'il veut dire.

— Je vais vous demander d'improviser. Vous passerez l'un après l'autre. Au premier coup d'œil, Tristan et moi-même devrons comprendre l'intention de votre danse.

Charlotte se réjouit. L'improvisation est son point fort. Elle est dans les derniers à passer. De temps à autre, Asar fait une réflexion au danseur en train d'improviser devant lui.

— Tu es un peu trop cadré, lâche-toi !

C'est au tour de Charlotte. L'adrénaline monte d'un coup. Elle n'a pas trop réfléchi à son improvisation. Comme Asar aime la connexion à l'essence de l'être, elle va lui montrer la sienne. Les mouvements lui viendront au fur et à mesure. Très rapidement, elle est comme en transe, elle a les larmes aux yeux. Elle donne tout ce qu'elle a. Elle termine son improvisation en sueur.

Long silence. Asar fait un pas vers elle et prend la parole.

— Charlotte, c'est bien ton prénom ?

— Oui.

— Tristan, tu as compris l'intention de Charlotte ?

— Pas vraiment… L'émerveillement, peut-être ? avance Tristan, pas spécialement convaincu.

Asar poursuit.

— C'était ça, Charlotte ? L'émerveillement ?

— Non, en fait, je n'ai pensé à rien.

— Donc, c'est normal qu'on n'ait rien compris… Suivant.

Charlotte retient ses larmes. La boule qu'elle a soudain dans la gorge lui fait mal. Elle décide de ne pas revenir pour la suite de l'audition, qui aura lieu le lendemain. Elle est en rage. Asar l'a humiliée devant tout le monde. En se rhabillant, la fille rousse lui demande si c'est bien elle qui danse dans le clip de Gabriel. Charlotte ne lui répond pas. Elle sort du centre. Ce milieu de la danse est insupportable.

Dehors, elle pénètre dans la première boulangerie venue et s'achète une viennoiserie au chocolat. Son téléphone sonne. Elle répond la bouche pleine.

— Qui ça ?

— Aurélien. Tu sais, je t'ai fait danser devant Notre-Dame.

— Ah, salut. Mais comment as-tu mon numéro ?

— C'est la production de ton clip qui me l'a donné. Je ne te l'avais pas dit, mais je suis le fondateur d'un espace communautaire pour les artistes à côté de Narbonne. J'aimerais t'y inviter.

Le lendemain matin, Charlotte est installée de nouveau dans le café à Saint-Paul. Finalement, elle a décidé de retourner à l'audition. Le rêve qu'elle a fait cette nuit l'a conduite à prendre cette décision. Elle relit ce qu'elle a écrit dans son carnet : « Je suis dans une clairière au milieu d'un bois, entièrement nue. Un homme me fait l'amour. Je ne sais pas qui il est, mais je reconnais ses caresses, sa peau, son odeur. Alors qu'un orgasme monte en moi, le visage d'Asar m'apparaît. »

Charlotte s'est réveillée à ce moment-là. Elle a pris aussitôt son carnet pour noter le rêve, puis elle s'est souvenue d'un conseil de Théa : « Quand tu veux savoir ce que tu dois faire, ouvre un livre au hasard et lit le passage sur lequel tu pointes ton doigt. »

Elle avait ouvert un des livres sur son étagère et elle avait lu : « Maintenant, c'est la volonté de l'homme qui s'accomplit et non la sienne. »

Il est l'heure à présent de se rendre à la deuxième partie de l'audition. Charlotte se sent portée par son intuition. C'est devenu presque un jeu. Le jeu de la vie.

Alors qu'elle arrive dans la salle, Asar lui lance un large sourire. Il semble n'avoir rien contre elle. Charlotte s'aperçoit qu'elle s'est monté la tête. Le danseur explique au groupe l'exercice du jour.

— Contrairement à hier, je vais vous demander d'improviser sans aucune intention. Pour cela, vous devrez puiser dans l'information invisible autour de vous.

La fille rousse demande.

— L'information invisible, c'est quoi ?

— C'est quelque chose que je ne peux pas vous enseigner.

Charlotte comprend pourquoi elle est revenue. Elle s'échauffe, puis rejoint Tristan et demande à passer dans les premiers. Asar entend sa requête.

— Non ! Toi, Charlotte, tu danseras quand je te préviendrai.

Charlotte va s'adosser à la barre fixée au grand miroir et observe les danseurs s'exécuter un par un.

— C'est parfait tout ça, conclut Asar. Tristan vous fera parvenir les résultats par mail.

Charlotte lève la main.

— Je ne suis pas passée.

Asar marque un temps, relit sa feuille de notes.

— Pour toi, ça ne sera pas la peine.

Cela ne peut pas être plus clair, se dit Charlotte en quittant les lieux.

Curieusement, elle n'en veut pas à Asar. Elle est fière d'avoir été jusqu'au bout. Elle n'est pas au niveau, c'est tout. Elle devra encore apprendre.

Sur le quai du métro, elle s'assied sur un banc, perdue dans ses pensées. L'affiche de l'autre côté de la voie attire son regard : « Narbonne, vos futures vacances ! »

En montant dans la rame, elle repense à la proposition d'Aurélien.

Des signes qui m'ont dit d'aller là-bas.

21

Charlotte a rarement été aussi rapide à vélo pour aller chez Tom. Elle a accepté de le revoir pour lui rendre ses clés. Le lendemain de l'audition, il l'avait appelée : « Si tu n'as pas envie de me voir, je comprendrai. Tu pourrais juste les déposer dans la boîte aux lettres, mais cela me ferait plaisir de te voir. »

Elle lui a immédiatement proposé de le rejoindre au café en bas de chez lui.

Elle arrive essoufflée au carrefour. Elle l'aperçoit au loin qui entre dans la brasserie. Elle se demande si elle ne fait pas une erreur en poussant la porte. Encore une fois, elle n'avait pas réussi à lui dire non. Ne revient-elle pas en arrière ? Et qu'en est-il de l'inconnu que lui conseillait Stella ?

Tom s'est installé sur la banquette en moleskine rouge. Leur banquette. Il se lève dès qu'il la voit et la prend dans ses bras. Elle reconnaît son parfum, la pression de son corps contre elle. Elle a l'impression de ne l'avoir jamais quitté. Il n'arrête pas de parler. Il a l'air heureux de la revoir. Il fait des blagues, comme le jour de leur rencontre, et la fait rire.

— Je dois voir le spectacle d'un copain ce soir, je lui ai promis un article. Je suis désolé, je dois y aller… Au fait, si tu es libre, tu peux venir avec moi.

Charlotte dit oui sans réfléchir. Ils décident d'y aller à vélo. En arrivant en bas de la rue de Ménilmontant, ils garent leurs bicyclettes et montent la côte à pied. Il la prend par les épaules. Elle aimerait arrêter le temps, faire que cet instant dure toujours. Un flot de paroles discontinues sort de la bouche de Tom. Elle n'arrête pas de sourire, à s'en faire mal aux articulations de la mâchoire. Sur le chemin, il lui offre une crêpe dans un boui-boui où la télé diffuse un match de foot. Tom participe aux commentaires en faisant le pitre. Il grimace et rit comme un enfant. Après avoir fini leurs crêpes, ils reprennent l'ascension de la rue de Ménilmontant. Tom regarde Charlotte dans les yeux.

— Je n'ai pas arrêté de parler de moi. Et toi, où en es-tu côté boulot ? J'ai vu le clip de Domi, tu es incroyable dedans. Tu as eu d'autres propositions depuis ?

— Si on peut dire, un danseur qui tient un centre artistique à côté de Narbonne m'a proposé une résidence, là-bas. Il veut qu'on travaille ensemble, que je donne des cours d'impro à ses élèves. C'est en pleine nature. Je ne serai pas payée, mais nourrie et logée.

— D'où il sort, ce mec ? Il t'a vue danser dans le clip ?

— Oui, mais je l'avais d'abord rencontré sur le parvis de Notre-Dame.

— Ah… Sur le parvis ?

— Oui, on a dansé ensemble alors qu'il faisait une démonstration avec son groupe de hip-hop.

— Et tu vas aller le rejoindre ?

— J'hésite. J'ai eu des signes qui m'ont dit d'aller là-bas.

— Des signes ?

— J'ai appris beaucoup de choses sur mon intuition depuis qu'on s'est quittés.

Ils arrivent devant la Bellevilloise. Tom tend son invitation de presse.

— Faudra que tu me racontes.

Le spectacle a déjà commencé. Sur scène, un homme joue de l'accordéon et une femme chante du Piaf. Les paroles interpellent Charlotte : « Je t'ai dans la peau. Y a rien à faire, obstinément tu es là, j'ai beau chercher à m'en défaire, tu es toujours près de moi. »

Charlotte se laisse bercer par la musique. Elle sent la cuisse de Tom contre la sienne. Elle espère que sa main va se poser sur la sienne. Une vague d'excitation se répand dans son corps et la fait frissonner. Tom se lève et s'écarte pour répondre à un appel. Il revient quelques minutes plus tard, le visage fermé.

— J'ai complètement zappé un dîner. Virginie m'attend. On est invité chez le patron de sa chaîne.

Charlotte a le cœur qui se serre. Tom ne l'embrasse même pas. Il lui fait signe de la main qu'il la rappellera.

Retrouver ces plaisirs simples,
faire des feux dans la cheminée,
marcher dans les champs…

22

Les deux paires de clés sont sur la table basse. Tom a fait un grand ménage. Il a même lessivé les murs de la salle de bains. Assis sur le canapé, il attend Lam, un collègue qui lui loue ce meublé depuis un an. Il ne devrait pas tarder. Tom regarde autour de lui. Depuis qu'il est retourné chez sa femme, il n'est passé ici qu'une ou deux fois pour prendre des affaires. Il a rassemblé dans un sac de voyage les derniers livres et les vêtements qui traînaient encore là. Le lieu lui rappelle Charlotte. Les draps sont enlevés, la couette est repliée. Tom repasse dans sa tête toutes les fois où ils ont fait l'amour ici.

On frappe à la porte. C'est Lam. Avec son travail de grand reporter, il est très rarement de passage à Paris.

— Dis donc, c'est super-clean, ici. Tu as pris soin de l'appart. Dommage que tu t'en ailles.

— Tu as trouvé un autre locataire ?

— Je n'ai pas cherché. De toute façon, je vais vendre. Tu sais, maintenant j'habite la campagne quand je ne suis pas en reportage.

— Ah, tu vas vendre ? Ça pourrait m'intéresser…

Lam est surpris.

— Ah bon ? Je ne savais pas que tu cherchais à acheter.

— Non, mais cet appart me plaît, je m'y suis senti très bien…

— Tu sais quoi, Tom ? Je te laisse une paire de clés. Si tu te décides à l'acheter, cela m'évitera de le mettre en agence.

Tom se demande pourquoi il a fait cette proposition. Il met dans sa poche le jeu de clés que Lam lui tend. Il récupère son sac et descend avec lui après avoir fermé la porte à double tour.

Tom retrouve son scooter au pied de l'immeuble. Il regarde en l'air le petit balcon de l'appartement, puis sa montre. Il est temps maintenant d'aller chercher son fils à l'école.

Cela fait plus d'une semaine qu'il récupère Sam à la sortie des classes. Virginie travaille en ce moment sur un gros projet de la chaîne, et elle rentre tard le soir. Cela ne dérange pas Tom, qui adore passer du temps avec son fils. Il aime l'emmener en promenade, fabriquer des cabanes avec lui, grimper aux arbres, se rouler dans l'herbe. Tom a vécu à la campagne quand il était enfant. Il a la nostalgie de cette vie au grand air. Il souhaiterait parfois retrouver ces plaisirs simples : faire des feux dans la cheminée, marcher dans les champs, couper du bois avec son fils comme son père le faisait avec lui.

À côté de l'école, Tom entre dans une boulangerie pour acheter un goûter à Sam. Virginie lui a demandé de prévenir une baby-sitter pour garder leur fils ce soir. Il y a encore un dîner chez le patron de la chaîne. Tom a décidé qu'il n'irait pas. La dernière fois, il était arrivé en retard et avait regretté d'être parti de la Bellevilloise.

Virginie ne lui avait pas adressé la parole de la soirée. Elle était restée collée au patron de la chaîne, le questionnant au sujet de l'audimat des émissions, des salaires des animateurs vedettes, des derniers achats en matière de cinéma. Elle n'avait présenté Tom à personne, et personne ne s'était intéressé à lui. Il était resté longtemps à regarder les poissons exotiques qui tournaient en rond dans l'immense aquarium de l'entrée de cet hôtel particulier du huitième arrondissement. Il avait failli partir quand tout le monde s'était mis à danser.

Samuel lui saute dans les bras.

— Je t'ai fait un dessin, papa. C'est toi à la campagne.

Tom regarde la feuille que son fils lui a mise sous le nez.

— C'est qui, lui ?

— C'est ton cheval !

— Ah, d'accord… Mais là, je ne suis pas venu avec lui, j'ai pris mon scooter pour te ramener à la maison.

Il fait manger Sam, lui donne son bain, lui lit une histoire dans son lit pendant que Virginie se change. Elle a acheté une nouvelle paire de chaussures à talons aiguilles et à semelles rouges. Elle s'est beaucoup parfumée.

Sur le pas de la porte, elle se tourne vers Tom.

— Je pense que cela ne peut plus durer entre nous, Tom.

Il a un moment de recul. Il a du mal à trouver les mots.

— Tu as quelqu'un d'autre ?

Elle hésite.

— Oui, mais cette fois c'est sérieux.

Tom reste sans voix alors que les portes de l'ascenseur se referment sur le dos de sa femme. Il met les poings dans ses poches. Sa main touche la clé du meublé.

Au bout de ce chemin,
le temps n'existe plus.

23

Charlotte ouvre la fenêtre et pousse les vieux volets. Envahis par la vigne vierge, ils résistent un peu. Elle arrive à les rabattre contre le mur en pierre, dont le revêtement s'effrite par endroits. L'odeur de la campagne au début du printemps pénètre dans la chambre. Charlotte inspire à pleins poumons et regarde la vue qui s'étend devant elle. Elle reconnaît tout de suite la colline et le lac à l'horizon. Elle ne rêve pas. Elle s'empare d'une chaise en osier, s'assied et reste de longues minutes à contempler la colline, cette colline qui est apparue dans sa méditation. Cette vision était donc prémonitoire. Maintenant, elle sait pourquoi elle est venue jusqu'ici, au Centre, auprès d'Aurélien. Tout l'a guidée vers cet endroit isolé au milieu de nulle part.

Pourtant, il lui avait été difficile de quitter Paris, de lâcher l'espoir d'y décrocher d'autres auditions. Asar n'avait pas donné suite. Quand Aurélien lui avait expliqué, un peu plus en détail, ce qu'était le Centre et ce qu'il attendait d'elle, Charlotte avait de nouveau entendu la voix de son intuition. Elle lui disait d'y aller. Charlotte n'avait pas eu besoin de tirer à pile ou face ; elle avait répondu à Aurélien qu'elle arriverait le jour du printemps.

Il est venu ce matin la chercher à la gare de Narbonne. Elle a reconnu de loin son crâne rasé et ses bras musclés couverts de tatouages maoris. Amandine, une jolie fille d'une vingtaine d'années, l'accompagnait. Il a embrassé Charlotte comme s'il la connaissait depuis toujours, posant ses lèvres juste au coin des siennes. Elle avait oublié à quel point son regard était hypnotique. Après avoir jeté ses bagages à l'arrière d'un pick-up, il l'a fait monter à l'avant entre lui et Amandine.

Ils ont roulé pendant une heure avant de s'engager sur un chemin de terre qu'Aurélien a baptisé la « Route du temps ».

— Au bout de ce chemin, le temps n'existe plus, dit-il.

— Qu'est-ce que tu veux dire ? demande Charlotte, intriguée.

— Tu verras, tu sentiras…

Charlotte ne sait plus très bien combien de temps elle est restée assise sur la chaise en osier à contempler la colline. Amandine entre dans sa chambre, qu'elle a laissée ouverte.

— Je peux entrer ? Je t'ai apporté des serviettes…

— Oui, bien sûr. Merci. Cela fait longtemps que tu es ici avec Aurélien ?

— Je suis arrivée après Noël. Je viens de Clermont-Ferrand.

— Tu es sa copine ?

— Oui, enfin, une de ses copines.

— Tu n'es pas sa petite amie ?

— Si, si, mais Aurélien, tu sais, c'est un électron libre…

— !?

— Tu nous rejoins en bas pour le rituel de bienvenue ?

Charlotte questionne Amandine du regard.

— C'est en l'honneur de ton arrivée. Tout le monde sera là.

Un groupe d'une trentaine de personnes, tous âges confondus, est rassemblé dans le grand salon cathédrale aux combles apparents. Un feu de bois crépite dans une haute cheminée en pierre. Une odeur de sauge imprègne les murs recouverts de chaux. L'ambiance est légère, les hommes et les femmes vont vers Charlotte. Beaucoup d'entre eux ont vu le clip de Gabriel, qu'Aurélien leur a montré. Après leur avoir offert à tous du jus de pomme maison, il prend la parole :

— Nous sommes réunis ce soir pour te souhaiter la bienvenue au Centre, Charlotte. Pour fêter ta présence ici, nous allons interpréter en cercle une danse ancestrale sacrée. Avant de commencer, je veux expliquer à ceux qui participent à ce rite pour la première fois que l'action de répéter toujours les mêmes mouvements simples de façon circulaire permet de libérer le mental et les tensions du corps, et que ça donne accès à un espace infini en soi. Ici, au Centre, on utilise la danse pour rassembler le corps, l'âme et l'esprit. Cela permet un rééquilibrage à la fois psychique et physique. En dansant ainsi en cercle, nous créons une forme vivante, nous devenons un mandala en mouvement.

— Et si on se trompe dans la chorégraphie ? demande un des nouveaux participants.

— Le fait de se tromper fait partie de l'apprentissage. C'est en se trompant qu'on expérimente la création.

— Pourquoi en cercle ? questionne Charlotte.

— Le cercle est la base de tout. Chaque danse ancestrale se faisait en rond, partout à travers le monde, de la Bretagne à la Mongolie en passant par la Turquie. Dans le cercle, chacun a sa juste place. Personne n'est supérieur à l'autre. Le cercle est symbole de l'infini, de l'alpha et de l'oméga. Assez parlé maintenant, place à la danse.

Charlotte suit le groupe hors de la maison. Tout le monde se rassemble en cercle dans la cour, éclairée de guirlandes lumineuses. Le soir est tombé.

Aurélien met en route la musique. Sur les percussions, il montre les pas de la chorégraphie. Des pas lents et d'une simplicité enfantine. Cela amuse Charlotte. Elle qui est tellement habituée aux chorégraphies compliquées ! Elle a l'impression de faire partie d'une ronde d'école, douce et réconfortante. Personne ne se compare à l'autre. Pas de compétition, aucun niveau, aucun exploit à attendre. Il n'y a pas besoin de faire de son mieux, ici. Tout est déjà fait. Tout est parfait. C'est aussi simple que de marcher, que de respirer. Respirer au même rythme que les autres, poser les pieds en même temps que les autres, lever les bras avec les autres. Faire partie des autres comme si elle ne faisait qu'un avec eux. Elle devient la conscience du mouvement. Elle est la ronde.

À la fin de la danse, tout le monde se prend dans les bras. Charlotte n'a jamais vécu une telle osmose avec un groupe. Au moment où Aurélien la serre fort contre son torse, elle perçoit son désir. Elle est comme envoûtée.

N'attendre que les surprises.

24

Tom a acheté des nouvelles plantes. Il a aussi installé un bac à compost sur le balcon en zinc. Il a repeint tout l'appartement. La semaine dernière, il a signé le compromis de vente chez le notaire de Lam. Dans trois mois, Virginie et lui passeront devant le juge pour le divorce. Ils auront la garde conjointe de Sam. Il s'occupera de son fils une semaine sur deux. Il s'est vite habitué à sa nouvelle vie de célibataire. Il a compris qu'il avait besoin d'être seul. Bien sûr, il a pensé à Charlotte. Il a même failli l'appeler, mais s'est ravisé. La radio pour laquelle il travaillait comme pigiste lui a proposé le poste de rédacteur en chef. Il a accepté. En moins d'un mois, sa vie a pris un nouvel essor. N'attendre que les surprises, c'est ce qu'il veut maintenant. Le matin, il refait du jogging au jardin du Luxembourg, puis va prendre un café crème et deux tartines beurrées à la brasserie en bas de chez lui. Il y a un vieux flipper. Parfois, il fait une partie. Cela lui rappelle son enfance et le café du village, où son grand-père l'emmenait. Virginie va s'installer dans l'hôtel particulier du patron de sa chaîne. Elle et Tom ont décidé de vendre leur ancien appartement.

Avec l'argent qu'il récupérera, Tom achètera une maison à la campagne et peut-être un poney pour Sam, mais il ne lui a encore rien dit. Ce matin, au Luxembourg, il a de nouveau croisé cette étrangère brune qui lui avait souri la semaine dernière. Il a couru longtemps derrière elle, mais elle n'a pas ralenti son allure et ne s'est pas retournée.

Installé sur la banquette en moleskine rouge, il parcourt la presse et jette de temps en temps un coup d'œil aux informations que diffuse la télé de la brasserie. La photo d'une femme sur l'écran l'interpelle. Il connaît ce visage. Bien sûr, c'est Stella. Tom se lève et demande au garçon d'augmenter le son : « Le *Nymphéa* a chaviré ce matin à l'aube en s'approchant trop près de la côte adriatique. Il aurait heurté des récifs à deux reprises. Une partie du navire est sous les flots. On ne sait toujours pas le nombre des victimes, et on reste sans nouvelles de la violoncelliste Stella Taranovsky ainsi que de la soprano Émilie Dulac. Elles faisaient toutes deux partie des artistes de cette croisière musicale. »

Tom est choqué par les images du navire renversé et par le portrait de Stella, qui passent en boucle devant ses yeux.

Tout s'enchaîne parfaitement,
telle une chorégraphie.

25

Charlotte n'a jamais eu autant d'élèves. Au Centre, Aurélien a aménagé une salle de danse dans une grange. C'est ici qu'elle donne ses cours, quatre fois par semaine, en début d'après-midi. Elle n'enseigne plus comme avant. Plus besoin de programme établi à l'avance. Au début de chaque séance, elle laisse venir l'inspiration. Son intuition lui dicte au fur et à mesure les exercices du jour. Elle est en totale connexion avec l'énergie du groupe. Parfois, elle a même l'impression que ce n'est pas elle qui parle. C'est complètement nouveau. Aurélien lui a expliqué qu'il avait choisi d'installer le Centre dans cette région, car les ondes telluriques y étaient particulièrement élevées. En effet, il existe sur terre des hauts lieux d'énergie, appelés aussi lieux sacrés, où la vibration est tellement forte que l'homme peut la ressentir physiquement. En arrivant, Charlotte a tout de suite remarqué de légers picotements dans son corps. Sa fatigue musculaire disparaît aussi beaucoup plus vite qu'en ville. Aurélien lui a dit que les vibrations d'un haut lieu d'énergie variaient dans le temps et dans l'espace. Ce n'était pas un hasard si les Anciens pratiquaient leurs rites et leurs fêtes à des moments bien précis, comme au lever et au coucher du soleil, aux solstices et aux équinoxes. Charlotte avait confié à Aurélien qu'elle s'était laissé guider par son intuition pour arriver au Centre. Il lui avait souri. Pour lui, c'était une évidence.

— En écoutant de plus en plus ton intuition, tu as augmenté ton taux vibratoire. Et donc, ici, tu es en résonance avec l'énergie du lieu. Au Centre, tu as accès plus facilement à ton intuition que dans un endroit où l'énergie est plus basse. Stonehenge, Glastownbury, Chartres, Gizeh, Sedona, tous ces lieux terrestres sont comme des points d'acupuncture de la planète.

Depuis son arrivée, Charlotte n'a plus besoin d'autant de discipline pour pratiquer ses rituels. Ils viennent naturellement comme la voix dans sa tête. Tout s'enchaîne parfaitement, telle une chorégraphie.

Pour la pleine lune, Aurélien lui a demandé de danser avec lui devant le groupe. Ils se sont entraînés aux portés depuis plus d'un mois. Répéter un duo avec un homme est une première pour elle. Ils ont imaginé ensemble la chorégraphie. Ils se comprennent sans se parler. Ce sont leurs corps qui les guident. Elle aime partager avec lui cette complicité artistique. Elle se sent totalement en confiance.

La lune se reflète dans le lac. Tous les membres du Centre se sont rassemblés en cercle dans un champ et attendent leur arrivée. Des torches sont allumées et marquent les quatre points cardinaux. Charlotte et Aurélien se placent au milieu du cercle. Amandine s'occupe de la musique. Aurélien lui fait un clin d'œil. Elle fait celle qui l'ignore. Aurélien prend la parole.

— Pour cette cinquième lune de l'année, Charlotte et moi allons vous interpréter une danse que nous avons appelée *Unité*. En la regardant, chacun pourra ressentir une vague de liberté. Je vous demande d'abord de fermer les yeux et de ne les ouvrir qu'aux premières notes de musique.

Front contre front, Charlotte et Aurélien respirent lentement. Puis, à la force de ses bras, il la porte au-dessus de lui. Charlotte pose un pied sur son deltoïde. Les genoux pliés, il reste ferme sous son poids. Une chaleur monte jusqu'au cœur de la jeune femme ; elle aime cette sensation de courant électrique qui la traverse. L'odeur de transpiration d'Aurélien ne la dérange pas. Elle se pend par les bras à son cou, tout son corps se lâche et se balance au rythme des pas de son partenaire. Elle est comme une poupée de chiffon. Aurélien reste dur comme le roc. Soudain, il se cambre, devient flexible, élastique, il anticipe le moindre déséquilibre. Elle s'abandonne totalement à lui. Maintenant, elle est allongée à plat ventre sur ses cuisses musclées. Sa tête repose dans l'herbe. Elle est comme morte. Alors il la retourne, la fait rouler sur elle-même, la manipule dans tous les sens. La voilà qui reprend vie, jambes tendues et bras ouverts, en équilibre sur sa tête. Charlotte flotte dans les airs. Elle se voit depuis le ciel étoilé.

La danse a pris fin, les torches sont éteintes. L'odeur de l'alcool à brûler les accompagne jusqu'au gîte. Amandine est restée au bord du lac. Elle discute avec deux Suédois. Ils décident de prendre un bain de minuit. Charlotte sent dans son dos la présence d'Aurélien. Il la suit jusque devant sa chambre. Elle hésite, se tourne vers lui.

— Tu veux entrer ?

Il ferme la porte derrière lui. Elle se tient à la fenêtre et regarde la pleine lune au-dessus de la colline.

— Tu as déjà été là-haut ?

— Oui, bien sûr. Lorsqu'on atteint le sommet, on voit à perte de vue.

Il s'est approché tout près d'elle, il lui a pris la main d'une façon si naturelle qu'elle ne s'est pas sentie gênée.

Elle reste le regard fixé sur la colline.

— Tu as quelqu'un ? lui demande-t-il.

Elle tourne la tête.

— Non, pourquoi ?

Il recule d'un pas. Se tient bien droit et ferme les yeux. Son corps se met soudain à osciller.

— Qu'est-ce que tu fais ?

— Je fais le pendule avec mon corps. Si je suis attiré en avant, c'est oui ; en arrière, c'est non.

— Comme à pile ou face ?

— Exactement.

— Pourquoi fais-tu ça ?

— Pour savoir si je dois passer la nuit avec toi… Mon corps me dit non.

Aurélien s'avance vers elle, la serre contre lui et l'embrasse sur la commissure des lèvres.

— Dors bien, fais de beaux rêves.

Vivre dans l'instant, rien que dans l'instant.

26

À l'agence du loueur de voitures, Tom attend qu'on lui remette ses clés. Il a choisi une Opel Corsa pour se rendre au lieu-dit. Il demande à l'employé de lui indiquer la direction qu'il doit prendre pour rejoindre l'autoroute A61.

— Vous verrez, après le premier rond-point en sortant à droite de la gare, ce sera signalé.

Tom le remercie et prend un ascenseur pour accéder au parking. La voiture sent le plastique neuf. Il recule son siège, vérifie le tableau de bord, règle les rétroviseurs. Il est prêt pour aller retrouver Charlotte.

Il fait une chaleur étouffante. Pourtant, on n'est que début mai. Le soleil tape sur le volant et sur son avant-bras. Il remonte la vitre et cherche à enclencher l'air conditionné.

Quand il avait téléphoné à Charlotte pour lui parler de ce qui était arrivé à Stella, elle ne lui avait pas semblé inquiète. Pourtant, il lui avait appris que la violoncelliste avait été portée disparue après le naufrage du *Nymphéa*. Il avait été étonné de sa réaction. Charlotte avait eu un moment de réflexion, puis avait dit : « Il n'y a pas lieu de s'inquiéter, je sens que Stella est hors de danger. Ils vont la retrouver. Je comprends maintenant pourquoi elle hésitait à participer à cette croisière musicale. »

Il lui avait alors demandé comment elle allait. Elle lui avait parlé du Centre, de combien elle y était heureuse. C'était une révélation pour elle. Et c'est là qu'elle lui avait proposé de venir pour interviewer Aurélien. Un être et un danseur extraordinaire, comme elle en avait peu rencontré. Elle était certaine qu'il lui plairait et qu'il pourrait faire un excellent sujet pour sa chronique radio. Tom ne lui avait pas dit qu'il était passé rédacteur en chef, ni qu'il était en instance de divorce, mais il avait accepté sa proposition. Il viendrait.

Tom vérifie les explications que Charlotte lui a données au téléphone. Tout va bien. Il aperçoit au croisement un panneau indiquant « Gîte le Centre, route du Temps ». Quand il verra le sommet d'une colline, il sera arrivé.

Le gîte lui fait étrangement penser à la ferme de son grand-père. Il gare la voiture dans la cour envahie par des fleurs sauvages. La senteur du chèvrefeuille l'accompagne jusqu'à la porte d'entrée. Une jeune femme en robe légère et chaussée de sandales est occupée à débarrasser une grande table de ferme encadrée par des bancs en bois brut.

— Bonjour, dit Tom.

La femme lève la tête. Ses cheveux sont en désordre, elle doit avoir à peine vingt-cinq ans.

— Salut ! Tu es l'ami de Charlotte ? Elle m'a dit que tu devais arriver aujourd'hui. Tu as trouvé facilement ?

— Oui, c'était très simple. C'est super, ici. J'adore ce genre d'endroit.

— Ça change de la ville. Charlotte donne son cours. Si tu veux aller la rejoindre, c'est dans la deuxième grange au bout du chemin là-bas. Tu danses, toi aussi ?

— Non, moi, j'interviewe les danseurs et les artistes.

— Ah oui, c'est vrai. Charlotte nous l'a dit.

En prenant le chemin des granges, Tom passe devant un enclos. À l'ombre d'un immense chêne séculaire, des chevaux sont au repos. L'un d'eux a posé sa tête sur l'encolure d'un autre. Le plus petit arrive vers Tom. Il pointe son museau vers lui, en quête de nourriture.

— Je n'ai rien à t'offrir, dit Tom en caressant le chanfrein de l'animal. Je reviens tout à l'heure.

De la musique s'échappe de la grange. Une trentaine de personnes forment le dessin d'une étoile. Il reconnaît Charlotte au milieu. Chaque mouvement qu'elle initie donne une impulsion qui se propage aux extrémités des branches de l'étoile. Il a le souffle coupé : c'est aussi beau qu'une chorégraphie de Pina Bausch.

Charlotte le voit et lui fait signe de la main. Tous les danseurs l'imitent et saluent Tom à leur tour. La musique prend fin et le groupe se disperse. Charlotte reste au centre. Tom va la retrouver. Il la prend dans ses bras. Elle est en sueur. Encore plus belle que la dernière fois où elle l'avait suivi à la Bellevilloise. Son odeur ressemble à la sienne. Il pourrait la reconnaître même s'il perdait la vue. Elle tremble légèrement.

— Je suis contente que tu sois là. As-tu rencontré Aurélien ?

— Non, c'est une jeune fille qui m'a accueilli.

— C'est Amandine, la petite amie d'Aurélien. Viens, je vais te montrer ta chambre. Tu restes combien de temps ?

— Je repars demain dans la journée.

Installé dans un fauteuil club au cuir déchiré, Aurélien répond aux questions que lui pose Tom.

— Mais comment de sapeur-pompier on devient danseur et chorégraphe ?

— En allant au cirque. À la caserne où j'étais, à Nancy, j'ai assisté un soir avec trois autres collègues à un spectacle de cirque. Je me rappelle ces acrobates qui se jetaient dans le vide devant moi, j'étais fasciné. Après la représentation, on a aidé les gars à démonter le chapiteau. Ils repartaient le lendemain. Je me suis amusé à faire un saut périlleux devant les acrobates. Je m'y étais entraîné sur mon lit quand j'étais môme. Le type m'a dit : « Si tu veux, viens avec nous, on t'apprendra le métier. » Le lendemain, j'étais avec eux sur la route. J'étais déserteur, mais mon corps était libre. J'ai fait du cirque pendant huit ans. J'ai tout essayé, tout ce que mes tripes me disaient. J'ai vécu avec les bohémiens, appris à lire dans les lignes de la main, à suivre le mouvement des étoiles, à vivre dans l'instant, rien que dans l'instant. Un jour où on avait installé le chapiteau pas loin d'ici, je me suis baladé dans la région et j'ai vu la colline. J'ai grimpé jusqu'au sommet. En descendant, j'ai découvert cette ferme, complètement en friche, à l'abandon. Un petit héritage m'attendait chez un notaire à Nancy. J'ai décidé d'acheter la ferme et de créer le Centre.

Tom retrouve Charlotte dans sa chambre. Il lui fait écouter l'interview qu'il a enregistrée. Elle ne connaissait pas l'histoire d'Aurélien, mais elle avait imaginé quelque chose de similaire.

— Et toi, Charlotte, tu comptes rester ici jusqu'à quand ?

Elle se lève.

— Tu viens ? On va faire un tour.

— J'ai vu des chevaux, on peut les monter ?

— Bien sûr. Il y a des bombes, des bottes et tout ce qu'il faut en bas.

— Tu aurais du pain sec, des pommes ou des carottes ?

— Je vais te trouver ça.

Ils suivent un petit ruisseau qui serpente dans les fougères. Excellent cavalier, Tom ouvre le chemin. Depuis le début de leur promenade, il n'a pas arrêté de faire rire Charlotte pour la détendre. Elle est moins à l'aise que lui avec son cheval, qui sort régulièrement du sentier pour aller brouter n'importe où. Leur balade prend fin un peu avant le coucher du soleil, les chevaux ayant décidé d'eux-mêmes de rentrer à l'écurie. Charlotte descend de sa jument. Tom reste en selle.

— Tu peux me prendre en photo ?

Il lui donne son téléphone. Charlotte s'exécute.

— Je vais l'envoyer à Sam. L'autre fois, il m'a dessiné avec un cheval.

— Il va bien, ton fils ?

— Pour l'instant, oui. On verra après, avec le divorce.

Charlotte qui dessangle la jument, suspend son geste.

— Tu divorces ?

— Oui, Virginie s'est installée avec le patron de sa chaîne.

— Tu ne m'avais rien dit. Ça fait longtemps ?

— Un petit bout de temps. Depuis qu'on s'est vus la dernière fois.

Elle ne dit rien et finit dc dcsscller son cheval.

Tom et Aurélien ont un peu trop bu durant le dîner. Tom a raconté au groupe ses débuts à la radio, les bourdes qu'il avait faites et la fois où une comédienne l'avait dragué en direct. Les Suédois et Amandine se mettent à chanter, tout le monde les suit. L'ambiance est joyeuse. Au fur et à mesure, les uns et les autres vont se coucher. Charlotte et Tom restent seuls dans la grande pièce.

— Il faudrait peut-être qu'on aille dormir, dit Charlotte en finissant son verre de vin.

— Je n'ai pas sommeil.

Charlotte regarde Tom dans les yeux.

— Moi non plus.

Il n'y a que toi qui sais
ce qui est juste pour toi.

27

Charlotte ouvre les yeux. Elle se tourne. Tom dort à poings fermés à côté d'elle. Jamais elle n'aurait imaginé faire à nouveau l'amour avec lui. Quand elle lui avait proposé de venir au Centre pour interviewer Aurélien, elle pensait pouvoir le revoir en ami. En y réfléchissant bien, elle savait que leur histoire n'était pas terminée. Ce matin, elle se rend compte qu'elle avait toujours eu peur qu'il ne la quitte. Il lui avait seulement demandé du temps. Elle n'avait pas accepté. Elle avait trop peur. Cet éloignement avait été nécessaire, autant pour elle que pour lui. Quand leurs corps s'étaient retrouvés, la veille, tout avait été si simple. Elle avait reconnu ses gestes, ses mouvements, mais ils étaient différents, comme si c'était la première fois. Au moment de jouir, elle avait vu le cosmos dans ses yeux. Elle le regarde dormir. Il a un sourire sur les lèvres. Elle se souvient d'avoir faire un rêve cette nuit. Elle était au bord de l'eau avec Stella. La musicienne lui disait adieu et disparaissait dans les flots. Charlotte hésite un instant, puis elle se lève sur la pointe des pieds, enfile la chemise de Tom, attrape son téléphone et sort de la chambre. Le salon est désert et sent le feu de bois. Tout le monde dort.

Elle essaie de ne pas faire de bruit, met de l'eau à chauffer et prépare le petit déjeuner. Son téléphone vibre. Un numéro inconnu s'affiche sur l'écran.

— Charlotte ? C'est Stella.

— Stella ? Mais où es-tu ?

— À Paris, ma chérie. Je viens de rentrer. Je t'appelle de mon fixe.

— Que s'est-il passé sur le *Nymphéa* ?

— Je ne me trouvais pas sur le bateau au moment du naufrage, et tout s'est mis en place pour que je ne puisse pas réembarquer. Alors que j'étais partie en excursion avec la soprano Émilie Dulac, notre taxi a crevé, nous n'avions pas de réseau… En plus, je ne me sentais pas bien, alors je me suis dit qu'il ne fallait pas remonter sur le bateau.

— Quand j'ai appris que le navire avait chaviré, j'ai senti que tu étais hors de danger.

— Je constate que tu es de plus en plus à l'aise avec ton intuition. À propos, où en es-tu avec l'inconnu ?

Charlotte marque un temps avant de répondre. Elle préfère ne pas parler de sa nuit avec Tom.

— Je ne sais pas… On verra ce que l'avenir me réserve.

— Tu as tout compris, mon ange. Il n'y a que toi qui sais ce qui est juste pour toi.

— À très bientôt, Stella. Je t'embrasse.

— Adieu, ma chérie.

Charlotte est remontée dans sa chambre avec le plateau du petit déjeuner.

— Elle n'a pas voulu remonter sur le *Nymphéa* ? demande Tom, l'air étonné, une tartine à la main.

— Non, elle a suivi son intuition.

— Comme toi. Tu m'as immédiatement dit qu'elle était saine et sauve. C'est incroyable comme tu as changé, Charlotte. Tu sembles beaucoup plus libre à l'intérieur de toi. Je l'avais déjà remarqué la dernière fois, à la Bellevilloise. Je te trouve de plus en plus détendue. Je me rends compte de la chance que j'ai d'être à nouveau avec toi. Je pensais que tu ne voudrais plus de moi…

— Je n'avais pas imaginé que je referais l'amour avec toi…

— Et tu imagines aujourd'hui de rentrer avec moi à Paris ?

Charlotte ne répond pas. Elle quitte le lit, va à la fenêtre et regarde au loin la colline « magique ».

— Je suis tellement bien ici, tu sais… Je ne peux pas me décider comme ça…

Après un long silence, Tom dit doucement :

— Je comprends, prends le temps de réfléchir. Prends tout le temps qu'il te faudra.

Un ange ne fait jamais de bruit quand il arrive.

28

Cela fait une semaine que Tom est parti. Il a appelé Charlotte plusieurs fois. Elle ne sait toujours pas ce qu'elle doit faire. Une chose est sûre, elle ne veut plus prendre de décision en fonction d'un homme. Aujourd'hui, elle a décidé d'aller au sommet de la colline magique. Aurélien lui a expliqué le chemin. Il faut compter environ deux heures de marche pour atteindre le point culminant. Ce matin, elle s'est levée tôt et a vérifié la météo. Ils annoncent un soleil radieux pour la journée. Elle a mis un short et des chaussures de marche, a pris un sac à dos et l'a rempli avec une gourde d'eau, des bananes et des barres vitaminées.

Le soleil se lève dans un ciel pastel. Charlotte suit les indications d'Aurélien. Elle trouvera un sentier juste après les vignes, puis elle devra traverser un bois avant d'atteindre un autre chemin balisé, qui la mènera au sommet. Personne aux alentours. Charlotte respire profondément. En arrivant sur le sentier, elle trouve son rythme de marche. Elle fait de grands pas, déroule son pied à partir du talon, le pose bien au sol. Charlotte respire de plus en plus vite. Quelque chose se passe en elle. Elle tremble. Elle a envie de sentir la terre sous ses pieds.

À l'orée de la forêt, elle s'arrête sous un sapin. Elle ne rêve pas, une voix lui dit de retirer ses chaussures. Elle s'exécute sans réfléchir, met ses boots dans son sac à dos. Elle sent avec bonheur le relief du sentier sous la plante de ses pieds. Soudain, elle se sent poussée à courir. Alors elle flotte, et les vents la guident. Ses bras deviennent des feuilles qui s'envolent, tout son corps, un courant d'air. Un souffle l'emporte, doucement, très doucement. Sa tête roule sur ses épaules, son bassin dessine un huit. Son muscle cardiaque s'accélère sur le rythme des pulsations de la terre, comme si tout le sang de ses artères se déversait en elle. Charlotte est dans la forêt. Elle pousse des rugissements de louve affamée. Elle est pieds nus dans la boue et elle frappe le sol. Elle éclabousse toute la végétation autour d'elle. Des racines partent de la plante de ses pieds et la relient au centre de la terre. Des rayons lumineux surgissent de son crâne et montent dans l'espace. Elle est reliée à l'infini, elle est un élastique hors du temps, une onde aux pays des rêves. Elle s'arrête de courir. Elle retrouve son souffle. Elle a déjà vécu cette scène. Ou plutôt non : elle a eu la vision de cette scène. En courant sur le sentier de cette forêt, elle vient de vivre ce qu'elle avait imaginé lors de son burn-out.

Elle arrive sur le chemin balisé. Un panneau lui signale quarante-cinq minutes de marche avant d'atteindre le sommet. Elle remet ses chaussures pour commencer l'ascension. La côte est abrupte. Elle respire de plus en plus fort. L'air lui brûle les poumons. Des gouttes de sueur perlent sur son front. Elle met les mains sur ses hanches pour dissiper un point de côté. Au bout d'une demi-heure, elle ne pense plus à rien. Elle se sent bien, les endorphines la portent. Elle est de plus en plus rapide, elle aperçoit le bout du chemin sans savoir ce qui se cache derrière. Devant elle, encore quelques rochers à escalader. Un papillon blanc avec des taches mauves lui montre la voie. Quelques derniers pas, elle est arrivée, elle a atteint le sommet de la colline. Le papillon virevolte toujours devant elle. Il se pose sur un vieux tronc d'arbre. Elle fait comme lui, elle s'assied sur le tronc. Elle étend ses jambes, son souffle s'apaise. Un panorama baigné d'une lumière dorée s'étend à perte de vue. Elle reste de longues minutes à se fondre dans cette immensité. Soudain, une présence semble l'envelopper. Une présence transparente. Tout autour d'elle, la lumière devient plus dense. Elle frissonne. Un souffle chaud caresse le bas de son dos et remonte jusqu'à sa nuque. Elle se retourne. Il n'y a personne, mais elle sait qu'*il* est présent. Un ange ne fait jamais de bruit quand il arrive.

— Qui es-tu ? demande Charlotte.

— Je suis ton ange.

Elle ne le voit pas avec ses yeux, mais elle peut parfaitement le décrire. Il vibre à la même fréquence que son âme. Il perce la moindre parcelle de son être. Il semble immense, son visage est composé de particules de lumière en mouvement, ses yeux bleus se perdent dans les siens et ne font qu'un.

— Pourquoi es-tu là ?

— Je suis toujours là, avec toi.

— Comment se fait-il que je puisse t'entendre ?

— La voix dans ta tête, c'est moi.

— Tu es mon intuition ?

— Je suis ce que tu veux. Je suis le papillon sur le tronc d'arbre. Je suis l'esprit du feu d'Aurélien, celui de l'air de Pierre, celui de la terre de Théa, celui de l'eau de Stella. Je suis le moucheron qui t'encourage à continuer. Je suis la pièce russe que tu lances. Je suis l'extérieur comme l'intérieur. Je suis tous ces signes. Je suis ta danse.

Charlotte comprend alors qu'elle a toujours su qu'*il* était auprès d'elle. Enfant, elle l'appelait déjà sur le tire-fesses pour ne pas tomber.

— Oui, je t'aide toujours quand tu me le demandes. La demande est nécessaire.

— Est-ce que je dois rentrer à Paris pour rejoindre Tom ?

— Vois-tu mes yeux ?

— Oui, ce sont les mêmes que ceux de Tom.

— Ce qui est en haut est comme ce qui est en bas. La lumière est dans la matière.

Puis Charlotte entend une voix tranchante : « Redescends ! »

Le vent s'est levé. Charlotte a perdu la notion du temps. Elle décide de prendre le chemin du retour.

Les anges nous prennent par la main pour danser, ils nous emportent dans le tourbillon de l'existence, mais leur rôle est de nous ramener toujours à la vie.

Une voix m'a dit…

29

Aurélien a conduit Charlotte jusqu'à la gare de Narbonne. Au kiosque à journaux, il lui achète une bouteille d'eau et un magazine, puis il l'accompagne sur le quai.

— Tu es prête, maintenant…

Charlotte fronce les sourcils.

— Que veux-tu dire ?

— Tu es prête à danser avec l'homme.

— Tu parles de Tom ?

— Je parle de toi, de ton homme intérieur, ton animus, ton yang. Tu l'as enfin rencontré. Il ne te fait plus peur.

Le TGV entre dans la gare.

— Comment le sais-tu ? demande Charlotte, en criant presque pour couvrir le bruit du train.

— Devant Notre-Dame, une voix m'a dit de t'aider à le trouver… Au début, j'ai cru que c'était moi.

Les portes s'ouvrent. Aurélien l'aide à monter sa valise.

— Fais bon voyage, Charlotte, embrasse Tom pour moi.

Son regard s'embrume soudain, il descend et n'attend pas le départ du train.

Un peu nostalgique, Charlotte gagne sa place numérotée dans l'espace Zen. La voiture est presque vide. Le TGV démarre. Elle ferme les yeux. Dans moins de cinq heures, elle va retrouver la ville, ses bruits, sa pollution, son architecture, ses cafés, son centre de danse. Elle va retrouver Tom. Elle est heureuse.

Arrivée à la gare de Lyon, elle l'aperçoit tout au bout du quai. Il la cherche dans la foule et pianote sur son téléphone. La poche de Charlotte se met à vibrer. Elle sourit et décroche. Ce n'est pas lui, mais elle reconnaît aussitôt la voix qui lui parle.

— Bonjour, Charlotte, c'est Asar. J'ai une danseuse qui m'a lâché pour mon prochain spectacle. Tristan a tout de suite pensé à toi. Les répétitions commencent demain. Il y a des passages avec la troupe et aussi en duo avec moi. Est-ce que tu es partante ?

Une joie intense s'empare de Charlotte.

— Bien sûr que je suis partante.

— On a peu de temps. J'espère que tu seras prête pour danser avec moi. Où t'entraînes-tu le plus souvent ?

— Dans ma tête. Je m'entraîne dans ma tête.

Ouvrage composé par
PCA – 44400 Rezé

Imprimé en Espagne par
Liberdúplex
à Sant Llorenç d'Hortons (Barcelone)
en mai 2018

N° d'impression : 67282
S28246/01